Um
verão
italiano

REBECCA SERLE

Um verão italiano

TRADUÇÃO
Lígia Azevedo

paralela

Copyright © 2022 by Rebecca Serle

A Editora Paralela é uma divisão da Editora Schwarcz S.A.

Grafia atualizada segundo o Acordo Ortográfico da Língua Portuguesa de 1990, que entrou em vigor no Brasil em 2009.

TÍTULO ORIGINAL One Italian Summer
CAPA Laywan Kwan
IMAGEM DE CAPA Henry Yee
PREPARAÇÃO Natalia Engler
REVISÃO Renata Lopes Del Nero e Paula Queiroz

Dados Internacionais de Catalogação na Publicação (CIP)
(Câmara Brasileira do Livro, SP, Brasil)

Serle, Rebecca
    Um verão italiano / Rebecca Serle; tradução Lígia
Azevedo. — 1ª ed. — São Paulo : Paralela, 2023.

    Título original : One Italian Summer.
    ISBN 978-85-8439-287-2

    1. Romance norte-americano I. Título.

22-139134	CDD-813

Índice para catálogo sistemático:
1. Romances : Literatura norte-americana   813

Inajara Pires de Souza – Bibliotecária – CRB PR-001652/O

Todos os direitos desta edição reservados à
EDITORA SCHWARCZ S.A.
Rua Bandeira Paulista, 702, cj. 32
04532-002 — São Paulo — SP
Telefone: (11) 3707-3500
editoraparalela.com.br
atendimentoaoleitor@editoraparalela.com.br

Para minha mãe, a rainha do meu coração.
Que ela tenha um longo reinado.

Só sinto que preciso de mais tempo. [...] Me sinto contra a parede, sabe? Digo, achei que tivesse muito mais... tempo. Achei que tivesse todo o verão para dividir o que sei sobre o trabalho, a vida, o seu futuro, e estou com a sensação de que tinha alguma coisa pra te dizer. Ah! Pega um lugar bom no ônibus, porque as pessoas são cheias de hábitos, e o lugar que você escolhe no começo pode ser o mesmo pelo resto do ano, tá? Pega um lugar na janela, meu amor, porque há muito pra ver.

Lorelai Gilmore

Um

Nunca fumei, mas é o último dia do shivá da minha mãe, portanto aqui estou. Com um cigarro entre os dentes, no pátio dos fundos, olhando para o que apenas dois meses atrás era um sofá modular branco e imaculado, agora desgastado pelo clima. Minha mãe mantinha tudo limpo. E guardava tudo.

Estas eram as regras de Carol:

- Nunca se livre de um bom jeans;
- Sempre tenha limões frescos à mão;
- O pão dura uma semana na geladeira e dois meses no congelador;
- OxiClean remove qualquer mancha;
- Cuidado com a cândida;
- No verão, linho é melhor que algodão;
- Plante temperos, e não flores;
- Não tenha medo de tinta: uma cor ousada pode transformar um cômodo;
- Sempre chegue no horário em um restaurante e com cinco minutos de atraso na casa de alguém;
- Nunca fume.

Em minha defesa, o cigarro não está aceso.

Carol Almea Silver era um pilar de sua comunidade, amada por todos que conhecia. Na última semana, abrimos nossas portas a vendedores de loja, manicures, as mulheres do templo, garçons do Craig's, enfermeiros do Cedars-Sinai. Dois caixas da agência do banco City National em Roxbury. "Ela levava bolo pra gente", eles disseram. "Tinha sempre um número de telefone à mão." Casais do clube de campo Brentwood. Irene Newton, que almoçava com minha mãe no Il Pastaio toda quinta-feira. E até o cara que atendia no bar do hotel Bel-Air, onde Carol costumava tomar um martíni bem gelado. Todo mundo tem uma história.

Minha mãe era a primeira pessoa para quem você ligava para saber uma receita (cebola picadinha, alho e uma pitada de açúcar, não esquece) e a última para quem ligava numa noite em que não conseguia dormir (uma xícara de água quente com limão, óleo essencial de lavanda e cápsulas de magnésio). Ela sabia a proporção exata de azeite e alho para qualquer receita e preparava o jantar facilmente com apenas três itens da despensa. Carol tinha todas as respostas. Já eu não tenho nenhuma, e agora não tenho mais minha mãe.

"Oi." A voz de Eric me chega de dentro de casa. "Cadê todo mundo?"

Eric é meu marido e o último a chegar hoje. Não deveria ser. Deveria ter ficado o tempo todo com a gente, nas cadeiras baixas e duras, entre travessas de macarrão, telefones tocando, beijos infinitos e cheios de batom de vizinhas e mulheres que se autointitulam "tias". Em vez disso, acabou de chegar à porta do que agora é a casa do meu pai, e espera para ser recebido.

Fecho os olhos. Se eu não o vir, talvez ele pare de me procurar. Talvez eu me mescle a esse dia impressionante de maio, com um sol tão chamativo quanto uma mulher falando alto no celular durante o almoço. Quem te convidou?

Enfio o cigarro no bolso do jeans.

Ainda sou incapaz de conceber um mundo sem minha mãe. Como seria isso? Quem sou eu na ausência dela? Não consigo aceitar que ela não vai me pegar para o almoço às terças, estacionar em local proibido diante da minha casa e entrar correndo com uma sacola cheia de coisas — mantimentos, produtos para a pele, uma blusa que comprou no outlet da Saks. Não consigo entender que, se ligar para o número dela, vai ficar tocando, que ninguém mais vai atender com um "Só um segundo, Kat. Minhas mãos estão molhadas". Não consigo me imaginar aceitando a perda de seu corpo quentinho e acolhedor. O lugar onde sempre me senti em casa. Minha mãe é o grande amor da minha vida, entende? Ela é o grande amor da minha vida, e eu a perdi.

"Entre, Eric. Por que está parado aí?"

Ouço a voz do meu pai dentro de casa, recebendo Eric. Eric, meu marido, que mora na nossa casa, a doze minutos e meio daqui, em Culver City. Eric, que tirou uma licença do trabalho como alto executivo da divisão de cinema da Disney para ficar comigo neste momento difícil. Eric, que comecei a namorar há oito anos, com vinte e dois. Eric, que tira o lixo, sabe cozinhar macarrão e nunca deixa o assento da privada levantado. Eric, cuja série preferida era *Modern Family* e que chorou em todos os episódios de *Parenthood*. Eric, a quem eu disse ontem à noite na nossa cozinha — a cozinha que minha mãe ajudou a projetar — que não sabia mais se podia continuar casada com ele.

Se sua mãe é o amor da sua vida, o que o seu marido é pra você?

"Oi", Eric diz quando me vê. Ele sai para o pátio e aperta os olhos. Meio que acena. Eu me viro. Tem um patê de queijo ressecando lentamente na mesa de vidro. Estou usando jeans escuro e uma blusa de lã, apesar de estar quente aqui fora, porque lá dentro está congelante. Minha mãe gostava de manter a casa fria. Meu pai só sabe mantê-la assim.

"Oi", digo.

Eric segura a porta aberta para mim, e eu passo por ele para entrar.

Apesar da temperatura, a casa continua tão acolhedora quanto sempre. Minha mãe era uma designer de interiores muito respeitada por sua estética aconchegante. Nossa casa era a vitrine dela. Móveis grandes, estampas florais, texturas ricas. Uma mistura de Ralph Lauren com Laura Ashley com um belo par de mocassins da Tod's e uma camisa branca bem passadinha. Minha mãe adorava texturas — madeira, linho, a sensação de uma boa costura.

Sempre havia comida na geladeira, vinho no armário, flores frescas na mesa.

Faz três anos que Eric e eu tentamos começar uma hortinha de temperos.

Sorrio para meu marido. Tento posicionar minha boca de um jeito que eu deveria recordar, mas que me parece simplesmente impossível agora. Não sei mais quem sou. Não tenho ideia de como fazer o que quer que seja sem ela.

"Você está de luto, Katy", Eric me disse ontem à noite. "Está em crise. Não pode decidir isso agora. Ninguém se divorcia no meio de uma guerra. Vamos esperar um pouco."

O que ele não sabia era que eu já tinha esperado um pouco. Já tinha esperado meses. Desde que minha mãe ficou doente, comecei a pensar sobre a realidade de estar casada com Eric. Minha decisão de deixá-lo tinha menos a ver com a morte da minha mãe do que com a lembrança da morte de modo geral. Com isso, quero dizer que comecei a me perguntar se queria morrer nesse casamento, se queria passar por isso, a doença da minha mãe e o que restaria depois, nesse casamento.

Ainda não tínhamos filhos. Afinal, ainda éramos jovens, não?

Eric e eu nos conhecemos quando ambos tínhamos vinte e dois anos e estávamos no último ano na Universidade da Califórnia em Santa Bárbara. Ele era um progressista da Costa Leste, que pretendia trabalhar com política ou jornalismo. Eu era de Los Angeles e tinha uma ligação profunda com meus pais e as palmeiras. Uma viagem de duas horas me parecia o mais longe que eu podia ficar de casa.

Fizemos uma aula juntos: introdução ao cinema, pré-requisito para outras matérias em que ambos acabamos nos matriculando com atraso. Ele sentou ao meu lado no primeiro dia do último semestre. Era um garoto alto e meio desajeitado. Sorriu e começamos a conversar. Ao fim da aula, ele enfiou a caneta num cacho de cabelo meu. Meu cabelo era comprido e enrolado. Eu ainda não o tinha domado com o alisamento.

Quando Eric puxou a caneta de volta, o cacho foi junto.

"Parece uma molinha", ele disse, vermelho. Não tinha feito aquilo porque era confiante, e sim porque não sabia o que mais podia fazer. O desconforto naquilo tudo, o jeito meio ridículo dele, um completo desconhecido que enfia uma caneta no meu cabelo, me fez rir.

Ele me chamou para tomar um café. Fomos até o refeitório e passamos duas horas juntos ali. Ele me contou sobre sua família, em Boston, a irmã mais nova, a mãe que era professora na Universidade Tufts. Gostei do jeito como ele via as duas, as mulheres da família. Gostei do jeito como ele falou das duas: como se fossem importantes.

Eric só me beijou uma semana depois, mas, quando começamos a namorar, pronto. Nunca terminamos, nunca tivemos uma briga mais séria, nunca precisamos namorar à distância. Não riscamos nenhum item da lista dos relacionamentos da juventude. Depois da formatura, ele conseguiu um emprego no *Chronicle*, em Nova York, e fui com ele. Nos mudamos para um apartamento com um único quarto em Greenpoint, no Brooklyn. Trabalhei como redatora freelancer para quem me contratasse, na maioria blogs de moda de pessoas que ficavam agradecidas pela ajuda com o texto. Isso em 2015, quando a cidade tinha se reerguido da ruína financeira e o Instagram tinha acabado de se tornar onipresente.

Passamos dois anos em Nova York antes de voltar para Los Angeles. Escolhemos um apartamento em Brentwood, na mesma rua que a casa dos meus pais. Nos casamos e compramos nossa primeira casa, um pouco mais longe, em Culver City. Construímos uma vida que talvez fôssemos jovens demais para levar.

"Eu já tinha trinta quando conheci seu pai", minha mãe me disse quando voltamos para Los Angeles. "Você tem tanto tempo. Às vezes eu queria que você aproveitasse isso." Mas eu amava Eric — todos nós amávamos. E sempre tinha ficado mais confortável na presença de adultos que na de jovens. Me sentia uma adulta desde os dez anos e queria tudo que sinalizasse aos outros que era mesmo uma. Parecia certo, começar cedo. E eu não podia fazer nada quanto aos acontecimentos que iam se desenrolando. Ou pelo menos não podia fazer nada até ontem à noite, quando de repente fiz.

"Peguei a correspondência", Eric diz. Minha mãe está morta. O que qualquer papel teria a dizer que poderia valer a leitura?

"Está com fome?"

Preciso de um momento para perceber que é com Eric que meu pai está falando, e mais um segundo para entender que a resposta é sim, porque meu marido está fazendo que sim com a cabeça, e mais outro para me dar conta de que nenhum de nós sabe cozinhar. Era minha mãe quem cozinhava para meu pai — para todos nós, na verdade —, e ela era ótima. Fazia cafés da manhã muito elaborados, com omeletes de queijo de cabra, bagel, salada de frutas e cappuccino. Quando meu pai se aposentou, cinco anos atrás, eles começaram a comer na parte externa da casa e a passar horas na varanda. Minha mãe amava ler o *New York Times* aos domingos e tomar um café gelado à tarde. Meu pai adorava tudo que ela fazia.

Chuck, meu pai, idolatrava Carol. Achava que ela era o centro do universo. Mas o grande segredo, embora ele provavelmente soubesse, era que o grande amor da vida da minha mãe era eu. Carol amava meu pai, isso é certo. Acho que ela não o teria trocado por nenhum outro homem no mundo. Mas nosso relacionamento estava em primeiro lugar. Eu era a outra metade dela, assim como ela era a minha.

Acredito que o amor que minha mãe compartilhava comigo era mais verdadeiro e puro do que aquele que compartilhava com meu pai. Se alguém lhe perguntasse: *A quem você pertence?*, a resposta seria: *Katy.*

"Você é tudo para mim", minha mãe me dizia. "*É o meu mundo.*"

"Tem sobras na geladeira", eu me ouço dizendo agora.

Penso em dividir o que restou de alface, esquentar o frango e fritar o arroz como sei que meu pai gosta.

Mas ele já saiu em busca de uma salada do La Scala que sem dúvida murchou no pote. Não consigo recordar quem trouxe, ou quando, mas sei que está na geladeira.

Eric continua à porta.

"Achei que a gente podia conversar", ele me diz.

Eu o deixei em casa ontem à noite e vim para cá. Entrei com minha própria chave, como já havia feito milhares de vezes. Subi a escada na ponta dos pés. Era quase meia-noite, e enfiei a cabeça pela porta do quarto dos meus pais, esperando encontrar Chuck em sono profundo, mas ele não estava ali. Então desci para a sala. Meu pai estava dormindo no sofá, com uma foto emoldurada de seu casamento no chão.

Eu o cobri. Ele nem se mexeu. Depois voltei a subir e dormi na cama dos meus pais, do lado que era da minha mãe.

Quando desci de manhã, encontrei meu pai fazendo café. Não mencionei o sofá, e ele não me perguntou por que eu estava aqui ou onde tinha dormido. Estamos perdoando as peculiaridades um do outro, as coisas que precisamos fazer para sobreviver.

"Katy", Eric diz quando não respondo. "Você precisa falar comigo."

Mas não confio em mim mesma. Tudo parece tão tênue que tenho medo de que mesmo que só queira dizer o nome da minha mãe vai acabar saindo um grito.

"Quer comer?", pergunto.

"Você vai voltar pra casa?" Há certa aspereza em sua voz, e eu percebo, não pela primeira vez nos últimos meses, de como não estamos acostumados ao desconforto. Não sabemos como levar uma vida imperfeita. Não foi isso o prometido por nossa família, nossa educação, nosso casamento. Mas as promessas foram feitas em um mundo cheio de luz, e não sabemos como mantê-las nas trevas.

"Se falar comigo, posso ajudar", Eric diz. "Mas você tem que se abrir."

"Eu tenho", repito.

"Isso", Eric diz.

"Por quê?" Sei que soa petulante, mas me sinto como uma criança.

"Porque sou seu marido", ele diz. "Sou eu. É pra isso que estou aqui. Essa é a ideia. Posso ajudar."

De repente, sou tomada por uma raiva familiar e palavras que pulsam em negrito: *Infelizmente, você não pode.*

Por trinta anos, estive ligada à melhor pessoa do mundo, à melhor mãe, à melhor amiga, à melhor esposa — *a melhor.* Eu tinha a melhor, e agora ela se foi. O fio que nos ligava foi cortado, e sou derrubada pela noção de quão pouco me resta, de como todo o resto é secundário.

Assinto, porque não consigo pensar em outra coisa para fazer. Eric me passa uma pilha de envelopes.

"Você devia dar uma olhada no de cima", ele diz.

Baixo os olhos. Está escrito UNITED AIRLINES. Sinto meus dedos se contraírem.

"Obrigada."

"Quer que eu saia?", Eric pergunta. "Posso ir comprar uns sanduíches, ou..."

Olho para ele, de camisa e bermuda cáqui, inquieto. O cabelo castanho está comprido demais atrás, assim como as costeletas. Eric precisa de um corte. Está de óculos. *Um bonitão desajeitado*, minha mãe disse quando o conheceu.

"Não", eu digo. "Não tem problema."

Eric chama meus pais pelo nome. Tira os sapatos na porta e apoia os pés, de meia, na mesa de centro da sala. Abre a geladeira para ver o que tem e repõe o sabonete líquido quando acaba. Esta casa é dele também.

"Vou me deitar", digo.

Quando me viro para sair, Eric pega minha mão livre.

Sinto as pontas frias de seus dedos em minha palma. Parecem estar formando "por favor" em código Morse.

"Depois", eu digo. "Pode ser?"

Ele me solta.

Subo a escada. Atravesso o corredor com painéis de madeira na parede e passo pelo quarto que costumava ser meu e que eu e minha mãe redecoramos no meu segundo ano na faculdade e outra vez quando eu estava com vinte e sete anos. Tem papel de parede listrado, roupa de cama branca e um guarda-roupa cheio de vestidos de verão e moletons. Meus produtos para a pele estão reunidos no armarinho do banheiro, todos vencidos.

"Você tem tudo de que precisa", minha mãe costumava dizer. Ela adorava que eu pudesse dormir aqui se ficasse tarde, mesmo sem ter trazido minha escova de dente.

Paro à porta do quarto dela.

Quanto tempo demora para o cheiro de alguém ir embora? Quando ela estava aqui, no fim, quando os enfermeiros iam e vinham como aparições, o quarto cheirava a doença, a hospital, a plástico, sopa de legumes e leite azedo. Mas, agora, todo traço de doença se foi e o cheiro dela voltou, como as flores na primavera. Impregna as cobertas, o carpete, as cortinas. Quando abro as portas do guarda-roupa, é quase como se minha mãe estivesse agachada lá dentro.

Acendo a luz e me sento entre os vestidos e blazers, os jeans passados, dobrados e pendurados. Eu a inalo. Então dirijo minha atenção aos envelopes na minha mão. Deixo que caiam no chão até que reste apenas o de cima. Deslizo o dedinho por baixo da aba e o abro. Ele cede fácil.

Dentro, como eu previa, tem duas passagens de avião. Carol Almea Silver não era do tipo que entregava o celular para o funcionário no portão de embarque passar pelo leitor digital. Era do tipo que exigia uma passagem de verdade para uma viagem de verdade.

Positano, 5 de junho. Daqui a seis dias. A viagem só para mãe e filha de que falamos por anos materializada ali.

A Itália sempre foi especial para minha mãe. Ela visitou a Costa Amalfitana no verão antes de conhecer meu pai e adorava descrever Positano, uma cidadezinha à beira-mar, como "o paraíso". Um lugar divino. Minha mãe adorava as roupas, a comida, a claridade. "E o sorvete lá é uma refeição por si só", dizia.

Eric e eu pensamos em ir para lá em nossa lua de mel — pegar o trem em Roma e seguir para Capri —, mas éramos jovens e estávamos economizando para comprar uma casa, então parecia extravagante. Acabamos encontrando um voo baratinho para o Havaí e passando três noites no hotel Grand Wailea, em Maui.

Olho para as passagens.

Minha mãe sempre falou em voltar a Positano. Primeiro com meu pai, mas depois, conforme o tempo passava, ela começou a sugerir que fôssemos só nós duas. Estava determinada: queria me mostrar o lugar que não saía de sua memória. A meca especial que tinha visitado imediatamente antes de se tornar mulher, esposa e mãe.

"É o lugar mais espetacular do mundo", ela me disse uma vez. "Quando eu estava lá, dormia até o meio-dia, depois levava o barco para a água. Tinha um restaurantezinho ótimo, chamado Chez Black, na marina. A gente comia espaguete ao vôngole na areia. Me lembro como se fosse ontem."

Então decidimos ir. Primeiro era uma fantasia, depois um plano flexível para o futuro e, quando ela ficou doente, se tornou a luz no fim do túnel. "Quando eu estiver melhor" virou "quando formos para Positano".

Reservamos as passagens. Ela comprou malhas leves em tons de creme e branco. Chapéus com abas largas. Planejamos e fingimos até o fim. Até uma semana antes de minha mãe morrer, ainda falávamos sobre o sol da Itália. E, agora que a viagem chegou, ela não está aqui.

Apoio as costas na lateral do guarda-roupa. Um casaco roça no meu ombro. Penso no meu marido e no meu pai lá embaixo. Minha mãe sempre se saiu melhor com os dois. Ela incentivou Eric a aceitar o emprego na Disney, a pedir um aumento, a comprar o carro que queria, a investir em um bom terno. "O dinheiro vai vir", minha mãe sempre dizia. "Você nunca vai se arrepender da experiência."

Minha mãe apoiou meu pai quando ele abriu sua primeira loja de roupas. Ela acreditou que ele era capaz de ter sua própria marca, e acreditou que podiam produzir as peças juntos. Ela era o controle de qualidade. Sabia dizer se um carretel de linha era bom ou não só de olhar, e garantia que cada peça da loja estivesse à altura de seus padrões. Também trabalhava como recepcionista, atendendo o telefone e anotando os pedidos. Ela contratava e treinava todo mundo que trabalhava com eles, ensinando a fazer costura invisível e a diferenciar um tecido plissado de um franzido. Minha mãe planejava festas de aniversário e batizados dos empregados e seus filhos. E assava um bolo às sextas-feiras.

Carol era ponta firme.

Agora aqui estou eu, escondida no guarda-roupa em sua ausência. Por que não herdei sua eficiência? A única pessoa que saberia como lidar com a morte se foi.

Sinto o papel amassando sob meus dedos. Estou agarrando o envelope.

Não posso. De jeito nenhum. Tenho um emprego. Um pai de luto. E um marido.

Ouço as panelas batendo lá embaixo. O barulho alto da falta de familiaridade com utensílios domésticos, armários e a coreografia da cozinha.

Nos falta nossa referência.

O que eu sei é: ela não está nesta casa, onde morreu. Não está lá embaixo, na cozinha que amava. Não está na sala, dobrando as cobertas e pendurando a foto de seu casamento. Não está no jardim, de luvas, podando o tomateiro. Não está no armário que ainda tem seu cheiro.

Ela não está aqui, de modo que eu tampouco posso estar.

Voo 363.

Quero ver o que ela viu, o que ela amou antes de me amar. Quero ver para onde ela sempre quis voltar, esse lugar mágico que aparecia com tanta força em suas lembranças.

Recolho os joelhos junto ao peito. Baixo a cabeça na direção deles. Sinto alguma coisa no bolso de trás da calça. O cigarro, agora quente e amassado, se desintegra em minhas mãos quando o pego.

Por favor, por favor, digo, esperando que ela, que este guarda-roupa cheio de suas roupas, me diga o que devo fazer.

Dois

"Tem certeza de que não quer que eu te leve?", Eric pergunta.

Estou no corredor da entrada de casa, uma casa para onde nem sei se voltarei um dia, com as malas prontas na porta, como uma criança ávida.

Eric está usando uma polo salmão e calça jeans. Seu cabelo continua comprido. Eu não disse nada a respeito, nem ele. Me pergunto se percebeu, se sabe que precisa de um corte. Sempre marquei esse tipo de coisa para ele. De repente, sua incapacidade de cortar o cabelo me parece hostil, como um ataque não intencional.

"Não, o Uber já está vindo." Mostro o celular para ele. "Viu? Chega em três minutos."

Eric sorri, mas é um sorriso contido e triste. "Tá."

Quando eu disse que queria ir para a Itália e fazer sozinha a viagem que faria com minha mãe, Eric me disse que era uma ótima ideia. Ele acha que preciso de um descanso depois de todo o tempo que passei cuidando dela. Meses atrás, tirei uma licença do meu trabalho como redatora em uma agência de publicidade em Santa Monica. Saí quando ela passou a ser tratada em casa, sem saber se ia voltar. Não que alguém tenha me perguntado a respeito. Na verdade, não sei nem se o trabalho ainda está esperando por mim.

"Vai ser bom pra você", Eric disse quando contei. "Vai voltar se sentindo muito melhor."

Estávamos sentados à bancada da cozinha, com uma caixa de pizza entre nós. Eu nem tinha me dado ao trabalho de pegar pratos e talheres: havia uma pilha de guardanapos bem ali. Não nos importávamos mais.

"Não vou tirar férias", eu disse, ressentida com a ideia de que bastariam algumas semanas ensolaradas na costa italiana para que eu tivesse uma perspectiva diferente da vida.

"Eu não disse que ia."

Tanto sua frustração como seu impulso de controlá-la eram visíveis. Senti um lampejo de compaixão por ele.

"Eu sei."

"Ainda não conversamos sobre nós."

"Eu sei", repeti.

Eu tinha voltado para casa alguns dias antes. Dormimos na mesma cama, fizemos café de manhã, botamos a roupa para lavar e guardamos a louça. Eric voltou a trabalhar e fiz uma lista de todas as pessoas com quem precisava entrar em contato — cartões de agradecimento precisavam ser escritos, ligações respondidas, e eu precisava falar com a lavanderia que meu pai usava.

Lembrava vagamente de nossa antiga rotina. Mas passávamos um pelo outro como desconhecidos em um restaurante, parando apenas para reconhecer a presença alheia quando acontecia de nos esbarrarmos.

"Você voltou pra casa. Isso significa que vai ficar?"

Antes de alguma prova importante na faculdade, Eric comprava um sanduíche num lugar chamado Three Pickles com queijo suíço, rúcula e geleia de framboesa. Era delicioso. Ele me levou ao lugar em um de nossos primeiros encontros e insistiu em pedir para mim. Levamos os sanduíches para a rua, encontramos um lugar na calçada e os desembrulhamos. O meu tinha cara de cera colorida e derretida, mas o gosto penetrante do queijo com as folhas picantes e o azedinho da geleia era divino.

"Pode confiar em mim", Eric tinha dito antes que eu experimentasse.

E eu sabia que era verdade.

Confiei nele quando nos mudamos para Nova York e quando compramos nossa primeira casa. Confiei nele até mesmo durante o tratamento da minha mãe. Fizemos planos todos juntos, sobre onde ela seria mais bem cuidada, sobre os remédios, sobre o que tentaríamos.

Mas agora... Como posso confiar em quem quer que seja? Todos a traímos.

"Não tenho certeza", eu disse. "Não sei de verdade se consigo continuar casada com você."

Eric exalou como se eu tivesse lhe dado um soco no estômago. Porque eu tinha mesmo. Fui cruel e dura, e não deveria ter dito aquilo. Mas era uma pergunta impossível de responder. Uma pergunta sobre um futuro que eu era incapaz de vislumbrar.

"Isso foi pesado", ele disse, então pegou um pedaço de pizza com um guardanapo. Parecia uma coisa ridícula a fazer naquele momento. Comer. *Começar* a comer.

"Eu sei. Desculpa."

Isso o fez mudar de tática. "Podemos superar isso juntos", Eric disse. "Sei que sim. Passamos por tanta coisa juntos, Katy."

Peguei um pedaço de pizza também. Parecia um objeto estranho. Eu não sabia se queria comê-lo ou plantá-lo lá fora.

O problema, claro, é que a gente não passou por tanta coisa juntos, porque não passou por nada. Até agora. Nossa vida se desenrolou com toda a facilidade, como uma estrada aberta, sem bifurcações ou solavancos, só uma longa reta até o sol. De diferentes maneiras, somos as mesmas pessoas de quando nos conhecemos, aos vinte e dois anos. Onde vivemos pode ter mudado, mas não *como* vivemos. O que aprendemos nos últimos oito anos? Que habilidades desenvolvemos que possam nos ajudar a passar por isso?

"Isso é muito maior", eu disse.

"Só estou pedindo pra participar." Eric voltou seus olhos castanhos e grandes para mim.

Antes de ficarmos noivos, ele pediu permissão aos meus pais. Eu não estava presente, claro, mas Eric me disse que foi à casa deles uma noite depois do trabalho. Meus pais estavam na cozinha, fazendo o jantar. Não havia nada de incomum naquilo: Eric e eu sempre passávamos nos meus pais, juntos ou separados. Naquela noite em particular, ele perguntou se podiam conversar na sala.

Tínhamos acabado de nos mudar para a casa em Culver City. Eu estava com vinte e cinco anos, e fazia três anos que namorávamos, dois deles morando em Nova York, longe dos meus pais. Agora estávamos em casa, prontos para construir uma vida juntos, ao lado deles.

"Amo a filha de vocês", Eric disse assim que todos se acomodaram. "Acho que posso fazer Katy feliz. E amo vocês dois também. Amo ser parte dessa família. Quero pedir Katy em casamento."

Meu pai ficou radiante. Amava Eric, que se encaixava em nossa família de uma maneira que ainda permitia que ele continuasse sendo o chefe. Nenhum dos dois achava que aquela estrutura precisava mudar.

Mas minha mãe ficou em silêncio.

"O que você acha, Carol?", meu pai perguntou.

Ela olhou para Eric. "Vocês estão prontos pra isso?"

Minha mãe podia ser bondosa e receptiva, mas tinha uma franqueza que fazia com que a respeitassem e temessem um pouco. Sempre falava o que pensava.

"Tenho certeza de que amo Katy", Eric disse.

"O amor é uma coisa linda", minha mãe disse a ele. "E sei que você ama Katy de verdade. Mas vocês ainda são tão jovens. Não querem viver um pouco mais antes de se acomodar? Vocês têm tanta coisa a fazer e tanto tempo pra casar."

"Quero viver minha vida com ela", Eric disse. "Sei que ainda temos muito pela frente, e quero passar por tudo isso com ela."

Minha mãe sorriu. "Bom, então acho que tenho que te dar os parabéns", ela disse.

Enquanto eu olhava para Eric do outro lado da mesa, com a pizza entre nós, fiquei pensando que talvez minha mãe estivesse certa em sua hesitação inicial. A gente deveria ter vivido mais. Não sabíamos exatamente o que estávamos prometendo. *Na alegria e na tristeza.* Porque agora aqui estamos nós, passando por tudo o que a vida tem a oferecer, e acabou conosco. Acabou comigo.

"Vou pra Itália", eu disse a ele. "Vou fazer a viagem. E acho que enquanto estiver fora a gente devia se dar espaço."

"Bom, você vai estar na Itália", Eric disse. "Parece inevitável." Ele arriscou um sorriso.

"Não. Preciso de um tempo", eu disse.

Eu soube na mesma hora que estávamos ambos pensando naquele capítulo de *Friends*, na ideia ridícula e impossível de que um tempo era de alguma maneira uma suspensão, e não um carro deixando a cidade à toda. Quase dei risada. Do que mais eu precisava para pegá-lo pela mão, ligar a TV e ficarmos juntinhos no sofá? Para fingir que o que estava acontecendo não estava?

"Você está pensando em uma separação?"

De repente, senti frio. Me senti congelar. "Talvez", eu disse. "Não sei como chamar isso, Eric."

Ele foi estoico. Eu nunca o tinha visto com aquela expressão no rosto. "Se é isso que você quer."

"Não sei o que eu quero no momento, só que não quero ficar aqui. É claro que você é livre pra fazer suas próprias escolhas."

"O que isso quer dizer?"

"Quer dizer o que você quiser. Quer dizer que não posso ser responsável por você no momento."

"Você não é responsável por mim. Você é casada comigo."

Eu o encarei, e ele me encarou de volta. Então levantei, liguei a lava-louça e subi. Eric foi para a cama uma hora depois. Eu não tinha pegado no sono, mas as luzes estavam apagadas e eu fingi que dormia, mantendo a respiração no ritmo de um leve ronco. Quando ele deitou, senti seu corpo próximo ao meu. Eric não encostou em mim, e não achei que fosse fazê-lo mesmo. Senti o peso do espaço entre nós, toda a vastidão e tensão daqueles vinte centímetros.

E agora o Uber está aqui.

Um número desconhecido me liga. É o motorista. Eu atendo.

"Já estou saindo", digo ao telefone.

Eric inspira fundo e solta o ar.

"Te ligo do aeroporto", digo.

"Eu te ajudo."

O motorista não sai do carro. Eric carrega minha bagagem e a deposita no porta-malas aberto.

Estou levando um monte de vestidos, sapatos e chapéus

que minha mãe e eu escolhemos juntas. Sempre que eu ia fazer as malas, mesmo que só fosse passar um fim de semana fora, ela vinha ajudar. Sabia encaixar dez trocas de roupa em uma mala de mão — "O truque é enrolar, Katy" — e como fazer uma calça jeans durar uma semana inteira. Era a rainha dos acessórios: um cinto de seda podia ser usado como lenço de cabeça, um maxi colar garantia que uma camisa branca pudesse ser usada de dia e de noite.

Depois que Eric guarda minha bagagem, ficamos frente a frente. É um dia incomumente frio para Los Angeles em junho. Estou de calça jeans, camiseta e moletom de capuz. Tenho um cachecol de caxemira volumoso na bolsa, porque minha mãe me ensinou a sempre viajar com um à mão. "Assim você pode se encostar em qualquer janela", ela dizia.

"Boa viagem, então", Eric me diz. Ele nunca soube fingir. Sou melhor nisso. O peso da nossa conversa paira entre nós, opondo diretamente o imediatismo do que temos diante de nós — uma separação, um divórcio? — ao óbvio: de que talvez já sejamos estranhos um para o outro. Que estamos de lados opostos agora. É claro que as pessoas se divorciam durante a guerra, penso. Quando tudo foi destruído, como seguir lavando a roupa?

Vejo a dor no rosto de Eric e sei que ele quer que eu o tranquilize. Quer que eu diga que o amo, que vamos dar um jeito. Que sou sua. Ele quer que eu diga: *sua esposa vai voltar logo*. Sua vida vai voltar logo ao normal.

Mas não posso fazer isso. Porque não sei aonde a esposa e a vida foram.

"Obrigada."

Eric faz menção de me abraçar, mas eu me encolho por reflexo. Muitas pessoas me abraçaram nas últimas semanas.

Todas as visitas devem ter me envolvido em seus braços. Enterrado o rosto no meu pescoço. Mas não consigo lembrar. Parece que faz meses que não me tocam.

"Meu Deus, Katy, está brincando comigo?" Eric leva as mãos ao rosto. Esfrega as têmporas. "Eu também amava ela pra caralho, sabia?"

Ele leva as mãos à cabeça. Já chorou esta semana. No velório e no primeiro dia do shivá. Quando a mãe e a irmã dele chegaram para dar as condolências à nossa família, e quando foram embora. Eric chorou quando abraçou meu pai, e os melhores amigos dos meus pais, Hank e Sarah. Não sei como me sentir em relação ao sofrimento dele. Sei que é real, que tem a ver com a ligação dele com minha mãe, mas me parece indulgente. É como se Eric estivesse botando para fora alguma coisa que deveria permanecer trancada. E eu gostaria que ele parasse com isso.

Seu lábio inferior estremece, sinal de que tenta se controlar, mas é impossível. É mais forte que ele, a emoção, e extravasa.

Levo uma mão a seu ombro, mas não sinto o que deveria sentir. Não sinto necessidade de protegê-lo, não sinto pena dele. Não sinto compaixão, minha própria dor não é despertada. Tenho medo demais. Se me permitir ver a dor dele, o que isso dirá da minha? Não chorei desde que ela morreu. Não posso fazer isso agora, não quando tenho um avião para pegar.

"Preciso ir", digo. "Desculpa, Eric."

Ele diz que só o chamo de Eric quando estou brava. Que nunca é: "Vem ficar abraçadinho comigo, Eric". Só: "É dia de tirar o lixo, Eric". Ou: "A lava-louça está cheia, Eric". Mas não sei se é verdade. Eu o chamava de um milhão de maneiras diferentes. "Amor", "lindinho", "baby". Mas "Eric" sempre foi minha preferida. Eu adorava chamar seu nome. Adorava como era específico. Perfeito. Eric.

Não sou romântica e não me considero uma pessoa sentimental. Sou filha de Carol, uma mulher que compreendia a importância de um temperamento e de uma paleta de cores neutros. Mas Eric é ambas as coisas. Guarda pilhas de recibos, ingressos de cinema e shows. Ficam em caixas de sapato na garagem. Ele é o tipo de homem que chora assistindo a *Encontrando Forrester* ou lendo a coluna Modern Love do *New York Times*.

Recolho minha mão. Eric passa a própria palma pelo rosto. Solta o ar. Faz uma respiração profunda, inspirando e expirando.

"Preciso ir", digo uma última vez.

Ele assente. Não diz nada.

E, simples assim, entro no carro. Sinto alguma coisa próxima de alívio, só que mais pesado, mais denso.

"Pro aeroporto", digo, muito embora o motorista já saiba, claro. Está no aplicativo, e a rota já foi calculada.

"Vinte e três minutos", o cara diz. "Está um dia lindo, e sem trânsito nenhum!"

O motorista sorri para mim pelo retrovisor.

Ele não sabe, penso enquanto o carro começa a andar. Não sabe que aqui, no banco de trás, não há mais dias lindos.

Três

Não é fácil chegar a Positano. Primeiro, você tem que pegar um avião até Roma, depois ir do aeroporto de Roma até a estação ferroviária de Roma, então pegar um trem para Nápoles. A partir de Nápoles, é preciso descer a costa de carro até Positano. Chego a Roma treze horas depois de deixar Los Angeles, surpreendentemente renovada. Não gosto de aviões, nunca gostei. Foi a viagem mais longa que já fiz, e a única que fiz sozinha. Mas fiquei estranhamente tranquila durante o voo. Até dormi.

A estação de trem fica a um curto trajeto de táxi, e a viagem de uma hora e meia até Nápoles pelo campo é linda. Sempre adorei trens. Quando Eric e eu morávamos em Nova York, às vezes pegávamos o trem para Boston para ver a família dele. Eu adorava a dramaticidade da coisa, o modo como era possível olhar pela janela e ver folhas vermelhas e laranja no outono, neve no chão em dezembro, marcando a estação do ano como um círculo de caneta vermelha em um calendário.

A região rural italiana é exatamente como seria de imaginar: colinas verdes, casas pequenas, os tons amarronzados das fazendas em contraste com o azul brilhante do céu.

Quando chego à estação de trem de Nápoles — e vejo

um homem do hotel Poseidon segurando uma placa com KATY SILVER escrito —, tenho um sorriso no rosto.

Não estou no mercado, fazendo as compras da semana com vontade de ligar para minha mãe para dizer que estão vendendo duas garrafas de azeite pelo preço de uma e perguntar se ela quer. Não estou no parque, olhando para a trilha e esperando que ela se junte a mim para nossa caminhada de fim de semana. Não estou na lanchonete, esperando que ela chegue descendo a San Vicente com seu chapéu de aba larga e compre dois sucos verdes para nós. Não estou na minha casa; não estou na casa dela. Estou em um lugar diferente, onde tenho que me manter esperta, alerta, presente. Isso me força a viver o momento como não vivo há um ano, talvez como nunca tenha vivido. Quando minha mãe estava doente, tudo dizia respeito ao futuro — a preocupação com o que estava por vir, com o que poderia acontecer. Aqui, não há espaço para o pensamento, só para a ação.

Escolhemos o Poseidon porque fica bem perto de onde minha mãe havia se hospedado tantos anos atrás e ela se lembrava dele com carinho. "A equipe é muito simpática", minha mãe me falou. "São ótimas pessoas." Na descrição dela, era um hotel velho (minha mãe costumava dizer que tudo na Itália é velho), mas charmoso, bonito e caloroso, com muita personalidade e vida, e um terraço incrível, onde de alguma forma batia sol o dia todo.

O hotel fez a cortesia de mandar um carro me buscar na estação de trem. Entrego as malas ao motorista, chamado Renaldo, e entro no banco de trás. É uma Mercedes, como muitos dos táxis comuns na Europa, mas ainda assim parece demais. Foi um Honda Civic que me deixou no aeroporto de Los Angeles.

"*Buongiorno*, Katy", Renaldo diz. É um homem corpulento com menos de cinquenta anos e um sorriso contido, que passa a impressão de paciência. "Bem-vinda a Nápoles."

A saída de Nápoles é pitoresca. Vejo mulheres pendurando roupas no varal dos apartamentos, casinhas de terracota, vegetação fechada. Mas quando chegamos à costa é que tem início a parte boa. Mais do que se estender à nossa frente, a Costa Amalfitana parece nos chamar para mais perto. Vislumbro o céu azul e aberto, as casinhas construídas na encosta.

"É maravilhoso", eu digo.

"Espere", Renaldo me diz. "Espere."

Quando finalmente chegamos a Positano, compreendo o que ele diz. Do alto da estrada sinuosa, dá para ver toda a cidade. Hotéis e casas coloridos parecem esculpidos nas pedras, ou pintados nelas. A cidade toda foi construída em torno da enseada. Parece um anfiteatro, para apreciar a atuação do mar, cuja água é azul, reluzente, espetacular.

"*Bellissima*, não?", Renaldo diz. "Bom pra foto."

Abro a janela do carro.

O ar é quente e denso. Conforme descemos, nos aproximando cada vez mais da cidade, começo a ouvir barulho de cigarras. Elas cantam com vontade as delícias do verão.

Escolhemos junho para fazer a viagem porque é um pouco antes da temporada. Assim que julho começa, fica uma loucura, segundo minha mãe. A ideia era ir quando a cidade estivesse um pouco menos turística, um pouco menos lotada. Ela queria poder passear pelas ruas sem esbarrar em influencers.

Amigos me mandaram listas de lugares para comer e visitar. Barcos a alugar para ir passar o dia em Capri, restaurantes à beira-mar a que só se chega de barco-táxi. Restaurantes no alto de colinas, sem cardápio, com infindáveis pratos elaborados a partir de produtos fresquinhos. Mandei tudo para minha mãe, que planejou cada detalhe. Nosso roteiro está nas minhas mãos. Eu o enfio na bolsa.

Enquanto descemos, reparo na movimentação de uma cidade pequena no verão. Senhoras sentadas na varanda, conversando. Pessoas dirigindo Vespas. O barulho do agito do fim de tarde. Um punhado de turistas na calçada estreita tira fotos com o celular. Embora sejam quase cinco da tarde, ainda está claro. O sol continua alto no céu, fazendo o mar Tirreno brilhar. Há fileiras de barcos brancos na água. É bonito demais. O sol parece tocar tudo ao mesmo tempo. Eu expiro, expiro, expiro.

"Ah, chegamos", Renaldo diz.

Paramos diante do hotel, que, como o resto da cidade, foi construído numa encosta. A entrada é toda branca, com vasos de flores bem coloridas e uma escada com carpete verde.

Abro a porta do carro e sou recebida pelo calor — mas me sinto acolhida. Seu abraço é quente, mas nem um pouco opressivo.

Renaldo tira minha bagagem do porta-malas e sobe os degraus com ela. Pego o dinheiro que troquei no aeroporto — uma das regras de Carol era nunca trocar dinheiro no aeroporto, porque a taxa de conversão é sempre péssima, mas eu estava desesperada — e entrego a ele algumas notas.

"*Grazie*", digo.

"Aproveite nossa Positano", ele me diz. "É muito especial."

Subo os degraus da entrada e dessa vez sou recebida por uma rajada de ar frio vinda do saguão. À esquerda, há uma escada em caracol. A recepção fica à direita. Atrás do balcão, há uma mulher na faixa dos cinquenta anos. Seu cabelo escuro desce pelas costas. O jovem ao lado dela fala em um italiano claro e articulado:

"*Ovviamente abbiamo un ristorante! È il migliore!*"

Aceno para a mulher, que abre um sorriso caloroso de boas-vindas.

"*Buonasera, signora.* Posso ajudar?"

Ela é linda.

"Oi. Tenho uma reserva. Em nome de Silver."

Sinto um golpe frio e forte no esterno.

"Ah, sim." A expressão no rosto da mulher agora é de compaixão. Seus olhos ficam cheios de ternura. "Vai ficar sozinha no quarto, *sì*?"

Confirmo com a cabeça. "Isso."

"Bem-vinda", a mulher diz, levando a mão ao coração. Seu sorriso é radiante. "Positano é um lugar maravilhoso para ficar sozinha, e este hotel é um lugar maravilhoso para fazer amizade."

Ela me dá a chave do quarto trinta e três. Subo alguns degraus, depois subo até o terceiro andar em um elevador pequeno, cuja porta tenho que fechar manualmente. Leva quase cinco minutos para chegar ao segundo andar, e eu decido usar a escada no restante da viagem. Essa era outra regra de Carol Silver: prefira sempre a escada ao elevador e nunca vai precisar pagar academia. Quando eu morava em Nova York, parecia verdade, mas não funcionava assim em Los Angeles.

Meu quarto fica no fim do corredor. Tem uma bibliotecazinha do lado de fora, cheia de livros para emprestar. Destranco a porta e viro a maçaneta.

O quarto é simples e bem iluminado. Tem duas camas de solteiro, com lençóis brancos e colcha, diante de duas penteadeiras iguais. De um lado fica um guarda-roupa, e do outro as portas duplas estão abertas para receber o sol da tarde. Vou até elas e saio para a sacada.

Embora o quarto seja pequeno, a sacada não é. Dá para ver a cidade inteira. A vista panorâmica pega a encosta, os hotéis, casas e lojinhas, e até o mar. Pouco abaixo de mim, à esquerda, vejo uma piscina. Tem um casal na água, perto da beirada, onde estão suas taças de vinho. Ouço água espirrando, taças tilintando, risadas.

Estou aqui, penso. É mesmo a Itália abaixo de mim. Não estou vendo um filme na sala de TV dos meus pais ou no meu sofá em Culver. Não se trata de uma trilha sonora ou de uma fotografia. É a vida real. Nunca conheci, nunca fui à maior parte do mundo. Mas estou aqui agora. Já é alguma coisa. É um começo.

Inspiro o ar fresco neste lugar que parece exalar verão. Há tanta beleza aqui. Ela tinha razão.

Volto para o quarto. Tomo um banho. Desfaço as malas, porque sou filha da minha mãe, depois saio para a sacada outra vez. Sento em uma espreguiçadeira, com os pés recolhidos debaixo do corpo. A Itália cresce à minha volta. Sinto o calor, as comidas e as lembranças no ar.

"*Consegui*", digo, mas só eu me ouço.

Quatro

Os sinos da cidade batem sete vezes. É noite em Positano. Penso na minha mãe falando da Igreja de Santa Maria Assunta e dos sinos que dão as horas na cidade. Parecem distantes, sonhadores, muito diferentes do alarme do meu iPhone.

Vou até o guarda-roupa e encontro os vestidos que trouxe. Escolho um branco solto e um par de chinelos dourados. Meu cabelo já secou do banho e cai sobre minhas costas em cachos sem definição. Na minha vida normal, costumo fazer uma escova demorada para deixá-lo liso, mas nas últimas semanas me limitei a lavá-lo duas vezes por semana. Por um bom tempo, ele só ficou ali, caído, sem saber o que fazer, sem direção. Mas agora os cachos estão voltando a sua forma original.

Passo um pouco de hidratante com base, blush e brilho labial, pego a chave do quarto e saio.

Vou para o segundo andar, como a mulher na recepção instruiu, e me deparo com a piscina e o restaurante. Minha mãe falou sobre o terraço do restaurante. Sobre como parece suspenso acima de toda a cidade.

Há casais sentados em cadeiras brancas com estofado vermelho, desfrutando da paisagem, e garçons de camisa branca carregando bandejas com copos de Aperol Spritz e pratinhos de cerâmica com aperitivos — azeitonas verdes e gordas, batatinhas caseiras, castanha-de-caju.

Um jovem se aproxima de mim. Está de calça preta e camisa branca com o nome do restaurante do hotel, Il Tridente, bordado em vermelho.

"*Buonasera, signora*", ele diz. "Posso ajudar?"

Percebo que deixei meu roteiro no quarto. Não sei se tenho reserva para comer neste restaurante hoje ou em outro lugar, mas a última coisa que comi foi um panino na estação de trem, o que já deve fazer umas sete horas.

"Posso jantar aqui?", pergunto.

Ele sorri. "Claro. Tudo é possível. Estamos aqui para servi-la."

"*Grazie*", digo, toda dura e soando americana demais. "Obrigada."

Ele gesticula para que eu o siga até o terraço. "Por aqui."

A piscina e as espreguiçadeiras ocupam metade do terraço. Há uma fileira de mesinhas para comer e beber, mas à direita fica uma área coberta cheia de trepadeiras e flores, com lanternas penduradas no alto e mesas de ferro com toalhas em xadrez vermelho e branco. Garçons vestindo gravatas finas entram e saem pelas portas de vidro.

"Para a senhora, a melhor mesa da casa", o jovem diz.

Ele me leva até um mesa para duas pessoas ao fim do terraço, colada ao guarda-corpo de ferro. A vista é de tirar o fôlego. Tenho um assento de primeira fila para o sol, que dá a impressão de que nunca vai se pôr. A luz ao redor é dourada, líquida e pesada, como se estivesse apenas começando sua segunda taça de vinho.

"É lindo", digo. "Nunca vi um lugar assim." Cada cantinho implora para ser fotografado. Penso na câmera que deixei lá em cima. Amanhã.

O jovem sorri. "Fico feliz que esteja feliz, sra. Silver. Estamos aqui para ajudar."

Ele vai embora e um garçom, também jovem, aparece com o cardápio, uma garrafa de água e uma cestinha de pão.

Abro o guardanapo branco de pano que cobre o pão e pego uma fatia, ainda quente. Sirvo um pouco de azeite em um pratinho oval com peixes azuis que parecem ter sido pintados à mão e molho o pão. O azeite é picante, o pão, delicioso. Como mais duas fatias rapidinho.

"Alguma coisa para comer ou beber?"

O garçom está de volta, com as mãos atrás do corpo.

"O que recomenda?", pergunto. Nem abri o cardápio.

Não cozinhamos em casa: ou pedimos comida ou vamos à casa dos meus pais. Eric gosta de comida italiana, mas qualquer coisa o satisfaz. Pedimos pizza na Pecorino ou na Fresh Brothers. Comida chinesa na Wokshop, saladas na CPK. Uma vez por semana, pego um frango assado no mercado — no Bristol Farms ou no Whole Foods — e pacotinhos de brócolis ou cenoura. Sempre sinto um pouco de pena de Eric por eu não ter herdado o talento da minha mãe na cozinha, mas ele sempre diz que fica tão feliz com um sanduíche quanto ficaria comendo um bife.

Percebo que não sei se já comi sozinha em um restaurante. Não me lembro de sentar à mesa, abrir o guardanapo de pano, ser servida de uma taça de vinho e pegar o garfo sem conversar.

O garçom sorri. "Salada de tomate e o ravióli feito na casa. Simples. Perfeito. Vai querer vinho para acompanhar, não?"

"Sim." Com certeza.

"Excelente, *signora*. Vai adorar."

O garçom sai, levando o cardápio consigo, e eu recosto

na cadeira. Penso na minha mãe aqui, tantos anos atrás. Olhando para essa mesma vista. Jovem e despreocupada, sem nenhuma ideia do que o futuro lhe reservava ou do que aconteceria. Me pego desejando ser uma folha em branco. Não ter me enredado tão profundamente, casando, comprando uma casa e vivendo uma vida fixa, que não pode se alterar sem alguma destruição.

"Sra. Silver", ouço alguém chamar atrás de mim.

É a mulher da recepção. Ela está de pé, com as mãos juntas à frente do corpo, usando camisa branca e calça jeans.

"Boa noite", digo.

"Boa noite. Você está muito bonita. Positano já está te fazendo bem."

Olho para o meu vestido. "Ah, obrigada."

"Está bem acomodada?"

Faço que sim com a cabeça. "É lindo aqui, obrigada."

Ela sorri. "Ótimo. Meu nome é Monica. Percebi que não me apresentei direito lá embaixo. Sou a proprietária do hotel. Se precisar de alguma coisa, é só pedir. Somos uma família aqui."

"Está bem", digo. "Muito obrigada."

"Você tem um passeio de barco amanhã. Até o Da Adolfo, para almoçar. Ainda estamos no comecinho da temporada, então se quiser mudar a data não tem problema. Talvez prefira ficar aqui e explorar um pouco a cidade."

Seu sorriso é caloroso e aberto. Dou uma olhada para os últimos hóspedes na piscina.

"Seria ótimo", digo. "Obrigada. Prefiro ficar."

"*Perfetto*", ela diz. "Tony me disse que vai comer o ravióli de ricota. Excelente escolha. Eu sempre espremo um pouco de limão em cima, para dar um gostinho especial. Espero que goste."

Minha risada me surpreende. Eu não dava risada há muito tempo. "Foi ele que escolheu pra mim."

"É sempre bom deixar o garçom escolher a comida e o empreiteiro escolher a madeira", Monica diz. "Meu pai costumava dizer isso."

Ela começa a se afastar, mas eu a impeço. "Monica", digo. "Obrigada."

Monica sorri. "Imagina." Ela dá uma olhada no terraço. "É uma linda noite", diz, depois volta a olhar para mim. "Amanhã vou a Roma, e vou passar alguns dias lá. Qualquer coisa que precisar, os funcionários podem ajudar. Esperamos que desfrute de sua estadia, sra. Silver. Ficamos muito felizes que tenha vindo até nós."

Ela vai embora.

Que tenha vindo até nós.

Quando minha mãe contava a história do meu nascimento, diz que era uma noite congelante de inverno. Na época, eles moravam em um apartamento em Silver Lake, não muito longe da Sunset Boulevard. Segundo minha mãe, parecia mais uma casa na árvore. Os degraus da entrada eram íngremes e um carvalho atravessava a sala de estar.

Era a casa dela, para qual meu pai mudou depois que casaram. Eu não conseguia imaginar minha mãe nem do outro lado da interestadual, muito menos em Silver Lake — uma comunidade boêmia e artística até hoje. Ela era uma moradora do oeste de Los Angeles da cabeça aos pés. Mas foi para lá que eles me levaram saindo do hospital, enrolada em um cobertorzinho branco de lã. Minha mãe disse que foi a única vez que viu neve em Los Angeles.

Eu cheguei depois de um trabalho de parto de vinte e seis horas no hospital Cedars-Sinai. "Toda peluda", ela me dizia.

"Você parecia uma macaquinha", meu pai acrescentava.

"Foi assim que soubemos que era nossa", minha mãe concluía.

Que tinha vindo até nós.

Não pertenço mais à minha mãe. Não pertenço mais ao meu pai, que não pertence mais a si mesmo e perambula pela casa que era deles tentando lembrar das coisas sozinho — que dia mesmo Susanna vem limpar? Não pertenço mais ao meu marido, a quem eu disse que talvez não queira mais continuar casada. Não sei mais onde é minha casa. Não sei como me reencontrar sem ela, porque era isso que eu era. A filha de Carol Silver. Agora sou apenas uma desconhecida.

A salada chega. Tony a deposita sobre a mesa com orgulho.

"*Buon appetito*", ele diz. "Espero que goste."

Pego o garfo, espeto um tomate e provo a coisa mais divina, madura, doce e salgada que já me ofereceram. Engulo o fruto, vermelho como um gerânio em toda a sua glória, junto com a minha dor.

Devoro a salada, acompanhada de outra cestinha de pão. Então o ravióli chega — leve e cremoso, como nuvens de ricota. Delicioso. Espremo um pouco de limão em cima, como instruído.

A sensação é de que faz meses que não como — e talvez faça mesmo. Penso em todas as marmitas esquentadas no micro-ondas e deixadas intocadas, jogadas no lixo ainda na embalagem. Os sacos de batatinhas velhas, as maçãs farinhentas. Podia ser comida, mas não me sustentava. A força vital de cada garfada desta refeição é como um ingrediente extra. Sinto que estou sendo nutrida.

Os sinos badalam de novo, indicando que outra hora passou. Como se esperassem pela deixa, o laranja e o amarelo do céu começam a ceder espaço ao lavanda, ao cor-de-rosa e ao azul-bebê. A luz vai de dourada e inebriante a delicada e fugidia. Os barcos na costa balançam como um coro diante do sol que se põe. É magnífico. Queria que ela pudesse ver isto. Ela deveria ter visto isto.

Algumas mesas adiante, um casal pede a Tony que tire uma foto. Ambos se inclinam sobre a mesa, emoldurados pelas trepadeiras acima. Penso em Eric, a milhares de quilômetros de distância.

Se ele estivesse aqui, iria até a mesa do casal. Se ofereceria para tirar mais fotos, se eles quisessem. Depois perguntaria de onde são. Em dez minutos, já teria convidado os dois para se juntar a nós, e passaríamos o resto da viagem saindo com eles. Eric fala com todo mundo — o caixa da loja, a mulher à frente dele na fila do cinema, feirantes. Conhece em detalhes a árvore genealógica do carteiro, George, e da maior parte das pessoas que chegam a um raio de três metros dele numa terça-feira qualquer. Isso me deixa louca, porque significa que nunca ficamos a sós. E eu odeio papo-furado. Não sou boa nisso. Eric é um profissional. Gosto de desaparecer, de ser anônima. Eric usaria uma camiseta escrito em letras garrafais: POSSO PASSAR QUATRO HORAS E MEIA OUVINDO SOBRE SUA CONSULTA COM O OTORRINO.

Eu disse a Eric que nunca faria um cruzeiro com ele porque no segundo dia já não teria onde me esconder. Me perguntei várias vezes por que Eric não consegue se segurar. Por que sempre insiste em se intrometer no dia dos outros, fazer com que sua presença seja percebida, preencher o silêncio com conversas vazias.

O casal agradece a Tony e volta a comer. De repente, percebo que corro o risco de pegar no sono na mesa se ficar mais tempo aqui.

Volto lá para cima, abastecida de comida, vinho e do ar da noite. Pego o celular e saio para a sacada para ligar para Eric. Toca três vezes até entrar na mensagem gravada que me é familiar. *Oi, é o Eric. Pode deixar um recado ou me escrever que eu respondo em seguida. Valeu, obrigado.*

"Cheguei", digo. "Estou aqui."

Faço uma pausa e me pergunto se há alguma coisa mais a dizer, se deveria tentar descrever o lugar, se tenho alguma orientação a passar, se quero que reflita sobre alguma coisa na minha ausência. Mas não consigo pensar no que poderia ser. Desligo e solto o ar.

Guardo o celular no cofre, junto com minhas joias.

Quando durmo, sonho com ela — aqui comigo, vibrante e viva.

Cinco

Ouço os sinos tocando cedo. Apesar do jet lag, o som me tira da cama e me leva para a sacada, para dar as boas-vindas ao dia.

A manhã em Positano lembra um pouco a noite, só que é ainda mais encantadora. Uma luz azulada envolve a marina — o dia ainda não irrompeu por completo. Há um leve friozinho no ar, pronto para ser mandado embora pelos primeiros raios de sol.

Fico ali na sacada, usando meu pijama listrado de popelina com as iniciais KS. Todos temos um — eu, Eric, minha mãe e meu pai. Foram feitos para tirar a foto do nosso cartão de Natal dois anos atrás. Eu me lembro de quando minha mãe levou os nossos em casa. O de Eric é azul, o meu é amarelo e o dos meus pais é vermelho. Uma família de cores primárias.

"Não vai servir, Carol", Eric disse, com o pijama na mão. Parecia mesmo um pouco curto, e ele não é um cara baixo.

"Vai ficar perfeito", ela disse. "É só pra tirar a foto." Então sorriu para ele, como dizendo: *experimenta.*

"Agora?", Eric perguntou.

"Por que não?"

Ele deu uma leve revirada de olhos e uma risadinha, então foi se trocar no lavabo. "Ah, pelo amor de Deus, Eric!

Não é nada que eu já não tenha visto!", lembro que ela gritou para ele, de brincadeira. Mas era verdade: minha mãe já tinha visto meu marido em vários estágios de nudez: depois da cirurgia para tirar o apêndice, de sunga nas férias ou aos sábados na piscina na casa deles...

"Vamos tirar as fotos no sábado", minha mãe me disse enquanto ele se trocava. "Quero que os cartões fiquem prontos cedo este ano."

Era outubro. Fazia sol como se ainda fosse verão.

Eu deveria ter percebido que havia alguma coisa de errado. Quando ela ligou na semana seguinte, depois que já tínhamos tirado as fotos, para perguntar se Eric e eu podíamos ir jantar na casa deles. Anunciou enquanto tomávamos sopa de abóbora: "Tenho uma coisa para contar".

O pijama serviu, aliás. Ela estava certa.

Volto para o quarto e troco o pijama por um vestido de algodão cor-de-rosa, sandálias e um chapéu de aba larga. Guardo o protetor solar e a carteira na minha bolsinha Clare V. transpassada. Quando abro a porta do quarto para sair, dou de cara com um homem.

Solto um grito e pulo para trás. Ele se assusta também. "Nossa!"

"Desculpa", o homem diz. "Desculpa."

Ele mantém as mãos levantadas, como em rendição. Noto que em uma delas segura um exemplar de *Paris é uma festa* e concluo que estava dando uma olhada na bibliotecazinha que fica ao lado da minha porta. Em geral, viajo com dois ou três livros, os quais deixo para trás mesmo que não os tenha lido. Mas tenho alguns que encontrei nas viagens e que acabei levando para casa: *The Girl in the Flammable Skirt*, que achei no Airbnb quando fui visitar o Parque Nacional de Joshua Tree, *Lulu vê Deus e duvida*, que encontrei no hotel

Fontainebleau de Miami. Esta é a primeira viagem em que não trouxe nenhum livro comigo, pelo menos de que me lembre. O que é uma ironia, porque não tenho ninguém que me faça companhia aqui.

"Estou só fazendo uma troca", o homem diz. "Crichton por Hemingway. Não digo que seja uma troca justa, mas também não acho que vá causar nenhum dano mais grave a ninguém."

Ele pega o exemplar de *Jurassic Park* da estante para me oferecer.

"Não, obrigada", digo. "Já vi o filme."

O cara inclina a cabeça e sorri para mim. "Tem um filme?"

"Engraçadinho."

Ele é americano. Tem uma postura confiante e usa uma camisa azul-celeste com um short bem colorido. O visual completo praticamente grita frutos do mar em Cape Cod.

"Quer dar uma olhada?" Ele aponta para a estante.

"Ah, não, obrigada. Eu só ia..." Aponto para a escada, mais adiante no corredor.

"Claro." Ele enfia o Hemingway debaixo do braço. "A gente se vê."

Eu o deixo com os livros e sigo para a escada.

O café da manhã é servido no mesmo terraço em que jantei, mas agora o sol parece incendiar a cidade. As cadeiras foram trocadas: se o estofado ontem à noite era vermelho, esta manhã é florido. A água mais abaixo brilha como se fosse cristal.

"*Buongiorno!*"

Não é Tony quem me recebe, mas um homem corpulento com um sorriso amplo. Ele se aproxima e pega meus antebraços em cumprimento. "Sra. Silver! Bem-vinda!"

O homem sorri e aponta para a mesma mesa em que jantei.

"Fique à vontade", ele diz.

"Monica já foi?"

Ele olha em volta. "Ainda deve estar por aqui. Vou falar que perguntou por ela. Meu nome é Marco. Que bom que se conheceram."

Eu sento e logo me trazem um jarro metálico cheio de café fumegante. Quando me sirvo, noto que é bem forte, quase preto. Coloco um pouco de creme e fico vendo o líquido se transformar.

A comida está disponível no bufê do lado de dentro. Vejo travessas de frutas frescas — melão, kiwi, abacaxi bem amarelo — montadas como um arco-íris. Pães, bolinhos, rosquinhas de canela e croissants ao lado de potinhos de manteiga com um toque de sal marinho por cima. Ovos, salsicha, queijos — parmesão, gorgonzola, halloumi, de cabra.

Coloco em um prato um pãozinho, um cacho de uvas suculentas e um pouco de pera e levo para a mesa. Quando saio para o terraço, o homem que encontrei lá em cima está sentado a uma mesa a dois passos de distância da minha.

Ele acena.

"Oi. Você de novo. O que tem de bom hoje?"

Inclino o prato para ele em resposta.

"Faz uma semana que estou aqui, e acho que engordei uns cinco quilos só de *zeppole*."

Ele está em ótima forma, então concluo que está exagerando.

Olho para a cadeira à frente dele, que está vazia. Quem vem a Positano sozinho? Além de mim, digo.

"Está ótimo. O café, digo."

Ele dá risada. "Espero que esse seu prato seja apenas o aquecimento."

Olho para o meu prato. A pera está um pouco murcha. Penso no ravióli de ontem. "Acho que vai ser mesmo."

Ele levanta, deixando o guardanapo de pano sobre a cadeira.

"Vem comigo", diz.

Deixo o meu prato e volto para dentro. O cara me passa outro, quentinho. Eu o seguro com as palmas abertas embaixo.

"Tá. Você pegou fruta, ótimo", ele diz. "Mas esqueceu a melancia. É a melhor de todas."

Ele põe algumas fatias suculentas e bem vermelhas no meu prato.

"Agora os queijos. Esquece os macios: um pedacinho de parmesão pela manhã é perfeito. Confia em mim."

Ele transfere um pedaço do queijo granuloso para o meu prato com um pegador. Depois outro.

"Agora, sim", diz. "Bom, pulamos os ovos e vamos direto pegar um *cornetto*. Se chegar às oito e meia já não tem mais."

Vejo uma bandeja de croissants perto da janela. Ele põe dois no meu prato.

Quando faço menção de recusar, ele explica: "Eles põem um pouquinho de limão. Você vai querer repetir, tenho certeza".

"Estou começando a entender como você ganhou cinco quilos", comento.

"Estamos na Itália", ele diz. "A ideia aqui é se satisfazer."

Ele gesticula para que eu saia primeiro, e eu o faço.

Quando voltamos ao terraço, paramos cada qual diante de sua mesa, mas não nos sentamos.

"Isso parece meio bobo", ele diz. "Não quer sentar comigo?"

"Você está esperando alguém?" Olho na direção da escada, cerimoniosa.

"Não", ele diz, então senta e gira o prato à sua frente. "Sou só eu. Vim a trabalho."

"Parece que se deu bem."

Quando ele olha para mim, noto seu rosto simétrico. As sobrancelhas perfeitamente niveladas. Tudo em equilíbrio e perfeita ordem.

Eu sento.

"E quanto a você?", ele pergunta, me servindo um pouco de café. "O que te traz a Positano?"

Decidimos que íamos mesmo fazer a viagem nove meses antes da minha mãe descobrir que estava doente, ou seja, quase três anos atrás. Ela não era de adiar as coisas, mas embora falasse com frequência da Itália e de seu desejo de voltar, foi a primeira vez que falou a sério.

Sempre havia um motivo para não fazer a viagem. A Itália ficava longe, o que é verdade. Ela não queria deixar meu pai sozinho por tanto tempo. Era caro demais para fazer a viagem exatamente como ela queria. Mas dava para ver como ela se sentia em relação ao lugar. A reverência com que falava a respeito.

Foi Eric quem me disse que eu devia fazer uma surpresa e comprar as passagens no aniversário de sessenta anos dela.

"Faz isso", ele disse. "Ela vai adorar. Não vai recusar."

Imprimi o comprovante e entreguei a ela quando estávamos jantando na casa deles na sexta-feira seguinte.

"O que é isso?", minha mãe perguntou ao pegar.

"Lê", Eric disse, sorrindo. Ele segurou minha mão debaixo da mesa.

Minha mãe olhou para o papel e depois para mim. "Katy. Não estou entendendo."

"Vamos viajar", eu disse. "Eu e você. Pra comemorar seu aniversário. Vamos pra Itália." Ela arregalou os olhos e fez uma coisa que raras vezes a vi fazer. Posso contar o número de vezes que a vi chorar nos trinta anos que passei com ela. Mas, naquela noite, à mesa da cozinha, ela olhou para o papel e chorou.

Eric ficou um pouco assustado, mas meus olhos se encheram de lágrimas também. Eu sabia o que aquilo significava para minha mãe — voltar, me mostrar quem era antes de mim —, e senti uma forte onda de amor por ela, por todas as mulheres que havia sido antes de mim, todas as mulheres que eu nunca pude conhecer.

"Ficou feliz?", perguntei, embora soubesse a resposta.

"Querida." Minha mãe levantou a cabeça. Seus olhos ainda estavam úmidos. Ela levou uma mão ao meu rosto. "É o meu sonho."

O cara do outro lado da mesa me olha. A pergunta que ele me fez paira no ar. *O que te traz a Positano?*

"Tirei férias. Ia vir com uma amiga, mas acabou não dando certo."

Quando digo isso, percebo que estou sem minhas alianças de noivado e casamento. Tirei ontem quando cheguei — meus dedos estavam inchados da viagem e da umidade. Estão guardadas com o resto das minhas joias e meu celular no cofre. Não o abri mais.

"Azar o dela", o cara diz. "E sorte a minha."

Ele não está dando em cima de mim, ou pelo menos não abertamente. É mais a constatação de um fato. Ele corta um pedaço de melancia na diagonal e espeta com um garfo. O sumo escorre e se acumula no meio do prato.

"Uma delícia", diz, de boca cheia. "Você precisa experimentar."

Corto um pedaço da melancia também. Ele tem razão: é maravilhosa. Geladinha e doce, com a textura certa.

"Que tipo de trabalho envolve tomar café em um terraço em Positano?", pergunto. "Você escreve para uma revista de viagens?"

"Trabalho para uma rede de hotéis", o cara diz.

"Ah. Qual?"

Ele não responde de imediato.

"Quer que eu adivinhe?", pergunto.

Ele aperta os olhos. "Você pode tentar, mas não vai conseguir."

"Hyatt."

Ele nega com a cabeça.

"St. Regis."

"Não."

"Hilton."

"Agora eu fiquei ofendido."

"Desisto", digo.

"Dorchester", ele diz. "Sou do departamento de aquisições."

Eu me inclino para a frente, surpreendendo nós dois. "O Bel-Air é de vocês, né? É um dos meus lugares preferidos em Los Angeles." Sorrio, um pouco constrangida. "Moro lá."

"O Beverly Hills, na verdade", ele diz. "Mas sim."

"Você mora em Los Angeles também?", digo. "Que coincidência."

Ele balança a cabeça. "Oficialmente, moro em Chicago. Mas vou bastante a Los Angeles a trabalho. E tem o melhor clima."

"Tem mesmo?", pergunto, apontando em volta, para o dia que nasce.

"Verdade. Mas só na alta temporada."

"Você já está aqui há uma semana?"

Ele confirma com a cabeça. "Estou meio que sondando alguns lugares. Aqui é um lugar especial. Pelo menos pra mim. Positano entrou em decadência há uns anos, mas não mudou muito. É um destino popular há um bom tempo, e eu mesmo já vim uma porção de vezes. Acho que vai continuar assim, por isso minha empresa quer investir. Quer ter um pedacinho do paraíso."

"E sua empresa é o grupo Dorchester."

"Isso." Ele agita uma mão diante do rosto como se estivesse afastando um inseto. "Bom... qual é o seu nome, turista solitária? Ainda não sei."

"Katy", digo.

"Katy o quê?"

"Katy Silver."

"Adam Westbrooke", ele se apresenta, estendendo a mão, que eu aceito. "Prazer."

"Prazer."

Por um momento, comemos no silêncio pontuado pela atividade da manhã. Casais chegam para comer. A rua abaixo fica cheia de carros e bicicletas. Os sinos tocam outra vez: são nove horas.

Adam se espreguiça. "É a minha deixa. É melhor eu ir."

"Dia cheio?"

"Tenho algumas reuniões", ele diz. "Mas, se estiver livre mais tarde, podemos beber alguma coisa."

Penso na minha aliança guardada no quarto. Seria um encontro? Ou dois viajantes aproveitando a companhia mútua? Acabamos de nos conhecer. Estamos em outro país. Estou sozinha.

"Legal."

"Ótimo", ele diz. "A gente se encontra lá embaixo, às oito."

"Combinado."

"Tenha um ótimo dia, Katy." Adam afasta a cadeira e levanta. Seu cabelo parece loiro, depois ruivo. A cor muda com o sol.

Ele se inclina para mim e me dá um beijo em cada bochecha. Inalo seu cheiro — de perfume, suor e mar. Não sinto nem uma insinuação de barba por fazer.

"A gente se vê mais tarde."

Depois que Adam vai embora, penso no que quero fazer hoje. O roteiro ficou guardado lá em cima, mas ainda quero visitar os lugares preferidos da minha mãe. Agora que não tenho programação para o dia, posso explorar, como Monica disse ontem. Minha mãe sempre falava de um restaurante chamado Chez Black, que ficava à beira-mar. Íamos jantar lá amanhã. Hoje quero bater perna, como ela fez quando chegou aqui.

Marco reaparece ao meu lado.

"Você esqueceu isto", ele diz, oferecendo minha chave e apontando para a outra mesa.

"Ah, claro. Obrigada."

"Vejo que conheceu Adam."

"Lá em cima", digo, guardando a chave na bolsa. "Ele estava pegando um livro da biblioteca e se apresentou."

Marco balança a cabeça. "Ele ficaria com tudo se pudesse."

"Como assim?"

Marco revira os olhos. "O jovem que estava aqui", ele aponta para a cadeira vazia à minha frente, "está tentando comprar meu hotel."

Seis

"Adam vem todo ano. Este ano, vem com uma pilha de papéis." Marco imita o tamanho da pilha com as mãos. "E me diz que tem uma proposta. Quer comprar o hotel."

Duas emoções me atingem: raiva de Adam por tentar americanizar esta pérola italiana; espanto por Marco estar me contando essas coisas tão prontamente, com tanta facilidade. Não faz mais de uma hora que nos conhecemos.

"Imagino que você não esteja interessado", digo.

Marco ri. "O hotel está na nossa família há anos! Nunca! É como um filho pra mim."

"Você devia mandar o cara embora então", digo, e penso no sorriso de Adam no café. Em sua confiança. Em seu charme. Tudo isso me irrita agora.

Marco dá de ombros. "Ele sabe, mas não se importa. Tudo bem. Há muito pouco que devemos fazer que não será feito a tempo."

Assinto, ainda que seja uma mentira descarada. Se tivéssemos descoberto o câncer da minha mãe antes, se tivéssemos *feito alguma coisa* a respeito, ela não teria morrido. Estaria aqui agora, comigo, ouvindo Marco com toda a compaixão. E daria ótimos conselhos a ele.

Afasto minha cadeira.

"Não deixei você chateada, deixei?"

"Não, claro que não", digo. Então, em um momento, em um lampejo, em um milésimo de segundo, começo a chorar. Até a morte da minha mãe, eu chorava todos os dias, talvez todas as horas. Por tudo. Antes mesmo de o sol nascer, quando mexia na cafeteira chique que eu nunca compraria para mim mesma, apesar de querer, e que ela acabou nos dando de presente de casamento. Diante do sabonete de gardênia no chuveiro, que ela me comprou pela primeira vez quando foi a Santa Bárbara anos atrás e do qual agora eu mantinha um estoque. Ao ver a gaveta cheia de talheres descartáveis de delivery, porque ela não suportava jogar plástico fora. Tudo me lembrava do que eu estava perdendo, do que estava escapando pelos meus dedos.

Depois da morte dela, no entanto, foi como se alguma coisa em mim tivesse se fechado. Fiquei entorpecida. Congelada. Não consegui mais chorar. Nem quando a enfermeira disse que ela tinha morrido, nem no funeral, nem quando ouvi meu pai, um homem estoico, soluçando na cozinha. Eu não sabia o que havia de errado comigo. Acho que estava preocupada que ela tivesse levado meu coração consigo.

Marco não parece surpreso nem desconfortável. Em vez disso, leva uma mão grande e quente ao meu ombro.

"É difícil", Marco diz.

Enxugo as lágrimas. "O quê?"

"Você perdeu a pessoa que ia vir com você, não?"

Penso na minha mãe, radiante, animada, de viseira, calça branca, uma camisa de linho aberta, a bolsa de palha no ombro, rindo. A imagem quase me assusta.

Confirmo com a cabeça.

Marco dá um sorrisinho e inclina a cabeça de lado. "Positano é um bom lugar para deixar que a vida volte até você."

Engulo em seco. "Não sei", digo.

O rosto dele se ilumina. "Dê tempo a tempo", diz. "Você vai ver. Enquanto isso, aproveite."

Ele tira a mão do meu ombro e olha a vista. O sol já está alto no céu. Está tudo claro e iluminado.

"Tenha um ótimo dia, sra. Silver. Sugiro uma volta pela cidade. Pode dar uma olhada na praia e almoçar no Chez Black."

A sugestão me impressiona. É o único lugar cujo nome conheço há anos.

"A salada caprese é excelente, e você pode assistir às pessoas passando", ele prossegue.

"Precisa de reserva?"

"Pra almoçar? Não. É só entrar e dizer que é hóspede do Poseidon. Vão cuidar bem de você."

"Obrigada, Marco."

"Disponha. Se precisar de mais alguma coisa, peça. Sem hesitar."

Ele vai embora, e eu desço. Tem uma jovem deslumbrante na recepção. Vinte e poucos anos, cabelo escuro, pele morena. Usa um lindo pingente de turquesa pendurado em um cordão de couro.

Está ajudando um casal na faixa dos sessenta a planejar o dia.

"O que dá menos enjoo, um barquinho ou a balsa?", o homem pergunta.

Ela acena para mim e retribuo.

Saio e sou recebida por ruídos alegres. Tem uma mercearia do outro lado da rua que vende frutas e legumes na parte de fora. Há limões ao lado de tomates gordos. Duas jovens saem de lá, falando um italiano rápido e furioso, carregando cada uma um copo suado de limonada.

Coloco o chapéu e sigo pela calçada. Carrinhos italianos e Vespas passam, mas a rua não é muito movimentada. Quando chego mais adiante, vejo uma série de lojas de roupas. Vestidos com laranjas pintadas à mão. Saídas de praia de linho branco e renda. Um vestido de alcinha da cor do mar com babado na saia.

Sigo em frente. A via principal se chama Viale Pasitea e é a única a dar no mar. A outra opção é pelas escadas. Há uma série delas contornando ou saindo de lojas, *pensiones*, hotéis e mercados, subindo as colinas e descendo até o mar. Centenas e centenas.

A cúpula no centro da cidade é da Igreja Santa Maria Assunta, cujos sinos ouvi. No momento, estão em silêncio, mas quando passo pela praça vejo o mar. É só descer um lance de escada e seguir por um caminho cheio de lojinhas. Vejo uma barraquinha de roupas e um restaurante diante da areia.

Me aproximo depressa, com o coração acelerado. É cedo, mas há alguns clientes sentados, fumando. Vejo as cadeiras cor de turquesa enfiadas sob a toalha branca das mesas. Em uma placa em forma de concha está escrito: *Chez Black*.

"*Buongiorno, signora*", o garçom diz. Não deve ter mais que dezessete anos, com seus olhos verdes e sua pele toda marcada. "Posso ajudar?"

"Estou só olhando", digo. Sinto meu coração nos pulmões. Uma mistura de ansiedade e empolgação, possibilidade, *esperança*.

"*Perfetto*." Ele faz um gesto na direção do interior do restaurante. Examino as mesas. Não sei o que espero encontrar — uma relíquia abandonada trinta anos atrás, o nome dela rabiscado na parede, uma mensagem me dizendo aonde ir depois?

Mas o restaurante está quase vazio e os clientes não se alteram. Ela não está aqui, claro. Como estaria? Está morta.

Ouço soar a sirene do medo, que me é familiar. É o barulho de um motor rugindo antes de um tsunami. As últimas quarenta e oito horas foram um alívio da dor, da intensidade de sua ausência. Mas agora sinto tudo voltando, crescendo e me levando junto.

"Com licença", digo.

"Vai comer?"

Faço que não com a cabeça. "Desculpa. Sinto muito."

Saio, pego minhas sandálias e corro em direção ao mar. Já tem algumas famílias na prainha, deitadas sobre toalhas, brincando na areia. Iates de aluguel balançam perto do cais, onde as pessoas se amontoam à espera do próximo barco que vá para Capri, Ravello ou algum restaurante à beira-mar onde passar o dia. Uma mulher tropeça e um homem a segura. Eles se abraçam e se beijam. O rugido no meu peito fica cada vez mais alto.

Eu sento na beira da água, na areia úmida, porque não tenho toalha. Quero ligar para Eric. Sinto falta da minha mãe. De repente, me sinto uma completa idiota por ter vindo. O que pensei que ia acontecer? Achava mesmo que ia encontrá-la sentada a uma mesa do Chez Black, prestes a pedir o almoço?

Percebo que estou muito longe de casa, que teria que pegar muitos aviões, trens e carros para voltar. Nunca viajei um fim de semana sozinha que fosse, e agora estou por minha conta do outro lado do mundo.

Que saudade dela que saudade dela que saudade dela.

Sinto falta de seu calor, de seus conselhos, do som de sua voz. Sinto falta dela me dizendo que vai ficar tudo bem e sinto falta de acreditar nisso só porque ela estava no comando.

Sinto falta de seus abraços, de sua risada e de seu batom Black Honey, da Clinique. Sinto falta de como ela podia organizar uma festa em menos de uma hora. Sinto falta de ter todas as respostas, porque tinha minha mãe.

Olho para o horizonte, para o sol alto no céu, para o mar amplo. Parece impossível que ela não esteja aqui. Parece impossível, mas é verdade.

Engulo a respiração trêmula e levanto. Não posso passar duas semanas aqui. Não aguento ficar nem dois dias. Não levei em conta o fato de que nunca fiquei sozinha de verdade. Não pensei em como fui da casa dos meus pais para o dormitório da faculdade e de lá para o apartamento com Eric. Não sei como fazer isso.

Vou para casa. Vou dizer a Eric que cometi um erro, que tem sido difícil e que sinto muito. Vou consertar tudo e a vida vai continuar.

Subo a escada e volto para a igreja. Pego a rua que dá no hotel, passando pelas lojinhas. Ouço uma mulher dizendo para mim *"Buongiorno, signora!"*, mas nem me viro. Já fui embora.

Vejo um jovem funcionário estacionar a Vespa na frente do hotel e conversar com a mulher do outro lado da rua, que deve ser a dona da mercearia. Eles falam depressa, e não entendo nada.

Subo os quatro degraus, entro no saguão e ali está ela. Falando com o homem atrás do balcão. Usando um vestido de uma das lojas da cidade — verde com estampa de limões-sicilianos —, que revela seus ombros magros e morenos. Seus óculos escuros estão no alto da cabeça, segurando no lugar o cabelo comprido e castanho. Ela movimenta os braços. Tem um pacote pequeno diante dela no balcão.

"Não, não, o hotel sempre envia pra mim. Já fiz isso antes. Muitas vezes. Eu juro."

"Enviar?"

"Enviar, isso." Ela parece aliviada. Ainda não soltei o ar. "Isso, enviar! Aqui o pagamento." Ela desliza uma nota sobre o balcão.

"*Perfetto, grazie*", o funcionário do hotel diz.

Estou tentando olhá-la direito para confirmar o que já sei que é verdade quando ela se vira. E então perco o ar. Porque eu a reconheceria em qualquer lugar. Em Brentwood ou Positano. Aos sessenta, dezesseis ou trinta anos, como está diante de mim agora.

Embora seja impossível, a mulher na recepção é minha mãe.

"Mãe", eu sussurro, antes que tudo fique preto.

Sete

Quando volto a mim, estou sentada no chão frio de mármore do saguão, com minha mãe — ou uma versão dela aos trinta anos — me segurando.

Volto a fechar os olhos assim que os abro, porque estou certa, ela está aqui, e a sensação é muito boa, estar nos seus braços. Não quero perder nem um segundo. É o cheiro dela e a voz dela. Quero viver aqui, neste momento, para sempre.

Mas não posso, porque ela começa a me sacudir de leve, e me forço a abrir os olhos.

"Você está bem? Acabou de desmaiar." Ela olha para mim. De repente, me vem uma imagem de minha mãe com dez anos a mais, debruçada sobre mim com um termômetro na mão durante uma gripe especialmente forte.

O homem que estava na recepção agora se encontra agachado ao meu lado. "Quente. Muito quente", ele diz, se abanando para demonstrar, e depois me abanando também.

"Água", minha mãe pede, e ele vai buscar. "Vamos arranjar alguma coisa pra você beber, só um segundo."

Ela olha para mim, e eu olho para ela.

Sua pele é lisa, jovem, bronzeada — o sol ainda não fez seu estrago. Ela parece exatamente como nas fotos antigas que decoram as estantes da sala de tv dos meus pais. Seu cabelo está solto, comprido e liso, muito diferente do meu cacheado. Os olhos são verdes e parecem líquidos.

"Você está aqui", digo.

Ela franze as sobrancelhas. "Você vai ficar bem", diz. "Acho que Joseph tem razão. Foi só o calor." Minha mãe olha por cima do ombro, na direção em que o funcionário do hotel foi. "Sabe seu nome? Onde você está?"

Dou risada, porque é absurdo. Minha mãe está me perguntando meu nome. *Sou eu*, quero dizer. *Sou eu, sua filha.* Mas, pela maneira como me olha, sei que nunca me viu. Claro que não.

"Katy", digo.

Ela sorri, simpática. "Que nome bonito. O meu é Carol."

Eu levanto com dificuldade e ela me acompanha. "Cuidado", minha mãe diz, enquanto Joseph aparece com a água. "Obrigada." Ela pega a garrafa dele e abre antes de passar para mim. Então me lança um olhar encorajador. "Beba. Você deve estar desidratada."

Bebo. Tomo quatro belos goles e tampo a garrafa.

Ela parece satisfeita. "Pronto. Está se sentindo melhor?"

Como posso responder a isso? Minha falecida mãe está diante de mim em um hotel à beira-mar na Itália. Se eu me sinto melhor? Sinto que enlouqueci. Estou em êxtase. Sinto que tem alguma coisa de muito errado comigo.

"O que está fazendo aqui?", pergunto.

Ela ri. "Acho que eu estava no lugar certo na hora certa", ela diz. "Joseph ia me ajudar com a bagagem. Aluguei uma *pensione* um pouco adiante na rua. Na verdade, um quarto."

Sinto um sorriso tomar conta do meu rosto, espelhando o dela. É tão simples, maravilhoso e óbvio. Um quarto só para ela. *Aluguei uma* pensione *na rua do hotel Poseidon. Dormíamos até meio-dia e tomávamos rosé à beira-mar.*

Encontrei minha mãe em seu verão livre. Encontrei minha mãe antes de mim e do meu pai. Encontrei minha mãe no verão do Chez Black, em que ela passava os dias na praia e as longas noites conversando sob as estrelas. Aqui está ela. De verdade. Jovem, desimpedida e muito viva.

Ela voltou pra mim, penso. *Ela veio até mim.*

"Tem certeza de que está bem?"

"Estou", digo. E então, empoderada por sua presença, aqui, na minha frente, prossigo: "Desculpa, você tem razão, deve ter sido o calor. Acabei de chegar e não estou acostumada. Devo estar desidratada da viagem também".

"Você acabou de chegar!", ela repete. "Que maravilha. De onde? Não tem muitos americanos por aqui, ainda não é alta temporada. Cheguei faz algumas semanas e já sinto como se morasse aqui. É uma cidade pequena."

Ela fala com as mãos, como sempre falou. De maneira animada e enérgica.

"É perfeito", digo, olhando para minha mãe.

De repente percebo que ela é linda. Não que eu não soubesse antes que era bonita, porque sabia. Seu estilo era impecável, seu cabelo estava sempre arrumado e ela tinha feições bem definidas e marcantes. Mas, aqui, ela parece reluzir. Seu rosto está radiante, embora não use nada de maquiagem. A luz faz sua pele beijada pelo sol brilhar. Suas pernas fortes e magras têm um bronzeado levíssimo.

"Da Califórnia", digo. "Los Angeles."

Minha mãe arregala os olhos. "Eu também!" Ela ergue as mãos para o alto e depois as apoia sobre a cabeça. "Quais as chances disso?"

Zero. Cem por cento.

"Faz uns cinco anos que estou em Los Angeles, e adoro. Sou de Boston, acredita? Um lugar quase o tempo todo congelante. Com quem você veio?" Ela aperta os olhos para a escada, como se intuísse a resposta.

"Vim sozinha", digo.

Ela abre um sorriso amplo. "Eu também."

Os olhos de Joseph se alternam entre nós duas. "Tudo bem, senhorita?"

"Acho que sim", digo. "Muito obrigada."

"É melhor eu ir", minha mãe diz, dando uma olhada no relógio.

Estendo as mãos. Ela não pode ir. Não posso deixar que se vá.

"Não!", digo. "Você não pode ir."

Minha mãe me olha com curiosidade. Eu me recomponho.

"A gente devia almoçar juntas, quero dizer."

O rosto dela relaxa. "Vou ao Da Adolfo hoje. Pode ir também se quiser. O barco sai à uma ou à uma e meia."

"Como assim?"

Carol ri. "Estamos na Itália", ela diz. "Às vezes o barco sai à uma, às vezes à uma e meia, às vezes nem sai." Ela imita uma balança com as duas mãos. "A gente só aparece e torce pra que dê certo!" Minha mãe faz uma leve reverência para Joseph. "Muito agradecida." Para mim, ela diz: "Nos encontramos no cais à uma, pode ser?".

Confirmo com a cabeça. "Estarei lá."

Ela se aproxima de mim e eu sinto seu cheiro inebriante. Minha mãe. Ela me dá um beijo em cada bochecha. "*Ciao*, Katy."

É só quando ela se afasta que percebo que continuo segurando seu braço.

Minha mãe pousa uma mão sobre a minha. "Você vai ficar bem", ela diz. "Tome uma água, talvez um pouco de prosecco e um café. E deite. Beba bastante líquido!" Outra regra de Carol: água nunca é demais.

Ela se vira, acena e passa pelas portas, desaparecendo escada abaixo rumo à rua.

Depois que minha mãe sai, percebo que Joseph se foi também e vejo Marco chegar. Corro até ele.

"Marco", digo. "Você viu uma mulher saindo? Com um vestido com estampa de limão. Com cabelo castanho comprido e liso. Linda. Me diz que acabou de ver essa mulher, por favor."

Ele ergue as mãos. "Metade das mulheres em Positano usam vestido com estampa de limão. E todas são lindas." Marco me dá uma piscadela.

"A que horas sai o barco para o Da Adolfo?", pergunto.

Neste exato momento, a jovem de antes volta ao balcão da recepção.

"Esta é Nika", Marco diz. "É da família. Trabalha aqui comigo. Esta é a sra. Silver, Nika."

"Nos vimos mais cedo", digo. "Quando ela estava na recepção."

"Claro", Marco, diz. "Nika está sempre em todo lugar."

"Oi", digo.

Nika fica vermelha. "Oi", ela diz. "*Buongiorno*."

"A sra. Silver gostaria de ir ao Da Adolfo hoje."

"Ah. Não, não preciso de uma reserva", digo. "Só queria saber que horas sai o barco."

"À uma", Nika diz.

"À uma e meia." Marco ergue as duas mãos e sacode a cabeça de leve, como quem diz: *Estamos na Itália...*

Oito

Chego ao cais às quinze para a uma. Não quero arriscar. Definitivamente não quero arriscar perder minha mãe. Estou usando um cafetã com franjas sobre o biquíni, que minha mãe e eu compramos no Westfield Century City Mall. Originalmente, era para um fim de semana que Eric e eu passaríamos em Palm Springs por causa do casamento de um colega dele. Acabamos ficando gripados e perdemos a viagem, então nunca o usei. Também estou calçando sandálias à prova d'água e meu chapéu de aba larga.

Enquanto eu me arrumava, me ocorreu que talvez eu tivesse batido a cabeça com mais força do que imaginava. Que talvez tudo não tivesse passado de um delírio febril. Como minha mãe poderia estar aqui? Mas eu a vi antes de cair, e a lembrança recente é real demais para ser uma coisa que criei. Não tenho nenhuma outra explicação para isso além do impossível.

Já é quase uma quando olho em volta, ansiosa. Uma família com duas crianças pequenas se aproxima, mas pega um barco-táxi. Enquanto eles entram, um dos filhos, que deve ter uns quatro anos, começa a gritar: "*Il fait chaud! J'ai faim!*".

A uma hora passa e chega uma e quinze, e eu sento na

beirada do cais. O sol está alto e forte no céu. Pego o protetor solar da bolsa e reaplico nos braços, nos ombros e na nuca.

Uma e meia. Eu levanto. A expectativa borbulhando no meu estômago se transforma em embrulho. Nada de barco, nada da minha mãe. Balanço a cabeça. Fui uma tola, uma idiota, por ter achado que ela apareceria. Talvez até por ter achado que ela estava aqui. Como pude deixar que sumisse de vista?

Então, à distância, vejo um barco balançando no horizonte. Tem um peixe vermelho de madeira no topo com Da Adolfo escrito.

"Da Adolfo!"

Em uma fração de segundo, duas coisas acontecem. Primeiro, alguém agarra meu braço com força. Depois, minha sandália fica presa entre as ripas de madeira do cais. Perco o equilíbrio e balanço os braços para tentar me firmar, mas não adianta. Estou bem na borda e, antes que possa piscar, caio de costas na água. É só quando volto à superfície que percebo de que quem agarrou meu braço caiu junto comigo.

Ressurjo, ofegante e cuspindo água, e vejo minha mãe ao meu lado, voltando à tona também.

"Katy!" Ela tira uma mecha de cabelo do rosto. "A gente tem que parar de se encontrar assim!"

Minha mãe sorri para mim, e eu solto uma gargalhada. Me mantenho à tona, tomada por um alívio tão forte que chega a ser cômico. Boio de costas, ainda me matando de rir.

"Pra fora da água!", o piloto do barco grita. A embarcação ainda não chegou, mas já começou a diminuir o ritmo. Noto que é pequena, não passa de uma lancha, e consigo ver o piloto agora que está mais perto. Parece um jovem de vinte e poucos anos.

"Ei, Carol!"

Um homem no cais acena, senta na beirada e estende o braço. Minha mãe gesticula para que eu vá primeiro. Nado até a beirada e estendo a mão para ele, que a agarra. A sensação é de que meu braço vai ser arrancado, mas assim que subo um pouco consigo me segurar na borda com a mão livre e, usando toda a força contida no meu um metro e sessenta e dois, me iço para fora. Fico deitada ali, respirando com dificuldade.

O resgate da minha mãe é muito mais simples. Ela apoia um pé na lateral do cais, faz uma alavanca e projeta o corpo para cima. O fato de ser mais alta que eu definitivamente ajuda.

Ficamos ali, no chão, olhando uma para a outra, ainda sentindo os resquícios das risadas borbulhando por dentro.

Nosso herói se aproxima e minha mãe nos apresenta.

"Katy, este é Remo. Remo, esta é Katy", ela diz, ainda sem fôlego.

"Oi, Remo", digo. "Muito prazer."

Remo passa um braço sobre os ombros da minha mãe. Meu estômago revira.

"*Ciao*, Katy."

Ela nunca foi de dar muitos detalhes do passado, em termos de relacionamento. Sua vida tinha limites bem delineados. Ela era aberta em relação a várias coisas: suas ideias sobre beleza, decoração, seu amor pela comunidade — mas sempre me pareceu que seu passado romântico não devia ser abordado. Ela me dizia coisas como: "Isso foi em outra vida, Katy. Já esqueci".

Quando conheci Eric, liguei para ela para contar. Também liguei quando descobri que estava apaixonada. Mas não falávamos de sexo como outras mães e filhas falam. Nunca perguntei nada sobre a experiência dela e nunca dei detalhes da minha. Nada era proibido no nosso relacionamento, mas sexo dava a impressão de estar no limite. E nunca o ultrapassamos.

Quando me falava de seu verão em Positano, sempre dizia que havia sido mágico, marcado por boa comida e bons vinhos, que a tinha transformado. Mas ela nunca mencionava outras pessoas.

No entanto, aqui está Remo.

O piloto do barco grita para nós: "Da Adolfo!".

"Antonio, *aspetti*, estamos indo", minha mãe diz.

Ela se aproxima do barco. O piloto, que concluo que se chama Antonio, lhe oferece a mão. Minha mãe entra e é seguida por mim e depois por Remo. Estou tão ensopada que o algodão do cafetã cola no meu corpo como uma segunda pele.

Minha mãe continua usando o vestido com estampa de limão. Assim que nos sentamos, no entanto, ela o tira, revelando um maiô preto de bolinhas. Então inclina a cabeça para trás e fecha os olhos, para receber o sol. Estremeço ao pensar em Carol Silver sem chapéu, deixando que os raios de sol incidam sobre sua pele como se fossem bem-vindos.

"Gostei do seu maiô", digo. Parece meio bobo elogiá-la assim mas quero que ela abra os olhos e converse comigo.

"Tira o vestido pro seu corpo secar mais rápido", ela diz, mantendo os olhos fechados. "Parece que você está enrolada num cobertor molhado." Ela não tinha gostado do cafetã quando comprei. "Você está parecendo uma senhora, mas sei que é a moda", foi o que ela disse.

O barco começa a se afastar. Ao timão, Remo e Antonio falam em um staccato áspero, acima do barulho cada vez mais alto da água.

Solto o ar, então tiro o cafetã por cima da cabeça. Meu chapéu cai, mas a cordinha no pescoço o segura. Estou usando um biquíni rosa e amarelo, de amarrar. O vento aumenta quando a lancha sai. Minha mãe solta um gritinho e segura o cabelo para trás.

"Devagar, Antonio! Katy não está acostumada a correr risco de vida!"

"Vamos almoçar lá, né?", grito para minha mãe.

"Você vai adorar!", ela me diz. "É um restaurante em uma enseadinha. Tem os melhores frutos do mar daqui."

Como você sabe tudo isso?, quero perguntar. *Quem é Remo? Por quanto tempo você vai ficar aqui?* Mas a lancha ganha velocidade e minhas palavras são apanhadas pelo vento e lançadas ao mar antes que possam ser ouvidas.

Pego minha câmera, uma Leica antiga que Eric me deu depois da lua de mel, dizendo que as fotos do meu iPhone ficavam granuladas. Na época, era verdade. Faz um século que não tiro uma foto. Eu costumava adorar, mas isso se perdeu no Antes.

Tiro a proteção da lente e a aponto para minha mãe. A lancha me desequilibra, água espirra em nós conforme avançamos. Minha mãe estende as pernas no assento e joga a cabeça para trás, com os lábios entreabertos. Tiro uma foto. Sinto uma pontada tão profunda, em um lugar tão escondido, que me pergunto se pertence mesmo a mim.

Esta é minha mãe. Minha magnífica e deslumbrante mãe. Ela está aqui, em toda a sua glória. Alheia a tudo o que virá depois, me parece.

Nove

Meus pais tiveram um bom casamento. Talvez — provavelmente — um ótimo casamento, mas não sei se sou a pessoa certa para julgar isso. Tudo o que sei é que às vezes meu pai parecia alguém externo à família, observando o ritmo natural que minha mãe e eu seguíamos. Eu sabia que os dois se amavam. Via isso na quantidade de tempo que escolhiam passar juntos, nos presentes que meu pai dava a minha mãe — flores, roupas, em ocasiões especiais colares que ela via e amava, mas nunca comprava para si mesma. Eu via isso no modo como minha mãe fazia a comida preferida do meu pai toda sexta à noite, comprava todas as suas roupas, cortou seu cabelo ao longo de trinta anos de casamento. Via isso no modo como ele a olhava.

O que eu não tinha certeza, o que eu não sabia, era se os dois eram almas gêmeas, ou mesmo se acreditavam em almas gêmeas. Eu não sabia se meu pai fazia minha mãe acender por dentro. Não sabia se os dois tinham o tipo de casamento em que ambos pensavam: *eu simplesmente soube*.

Chuck e Carol foram apresentados por amigos em comum. Ela era uma jovem vinda da Costa Leste que trabalhava em uma galeria de arte e ele era um estilista em ascensão nascido e criado em Los Angeles. Foi o amor por *Casablanca*, guacamole e Patti Smith que aproximou os dois.

"Ele ficava botando discos pra eu ouvir até as três da manhã", minha mãe costumava dizer.

Será que ela o reconheceu quando o viu? Foi amor à primeira vista? Ou foi mais um reconhecimento silencioso da possibilidade de uma boa vida?

A lancha desacelera e Antonio pula na água para nos puxar até o que pode ser descrito como um píer, embora mal passe de uma prancha de madeira conduzindo à areia de uma praia minúscula, se é que se pode chamar assim. Vejo mulheres de biquíni e homens de calção de banho esticados sobre pedras e espreguiçadeiras de lona com listras verdes e brancas sobre a areia. Mais atrás, há dois restaurantes — uma construção toda em branco e outra em azul, onde fica o Da Adolfo.

Remo pula no píer e oferece a mão para minha mãe, que acena com a cabeça para mim. "Primeiro Katy."

A lancha sacode violentamente, mas continuo molhada do nosso encontro anterior. O que mais poderia acontecer?

Pego a mão de Remo e desço. Ela desce a seguir. Seguimos os três para a praia.

"Volte quando quiser!", minha mãe grita para Antonio. Ela segura o cabelo para trás com a mão.

Nunca a vi tão tranquila e relaxada. Ou, se vi, não lembro. *Volte quando quiser?* Quem é essa mulher?

Remo pega uma mesa perto da água e sentamos. Uma cestinha de pão e azeite já nos esperam. O azeite está em um pratinho de cerâmica azul e vermelho, com peixinhos brancos desenhados. Borrachudos pousam na mesa de quando em quando, mas o vento os mantém à distância a maior parte do tempo. As ondas batem nas pedras perto de nós. Tem dois casais sentados em cadeiras de praia na ponta do restaurante. Fora isso, o lugar está vazio.

"Sorte a sua ter vindo a Positano agora", Remo diz. "Daqui a três semanas isto vai estar infestado."

"De turistas", Carol esclarece. "Não de insetos."

"Dá no mesmo", Remo diz, sorrindo.

Eles sentam de um lado da mesa e eu do outro. Avalio minha mãe. Sem parar. Sua beleza viva de agora. Tão atual e tão presente que sinto que se a apertasse conseguiria recolher o que transbordasse.

"Você mora em Positano, Remo?", pergunto.

Me reservo um momento para olhar para ele. É bonito, sem dúvida. Lembra um pouco um deus romano. Bronzeado, cabelo castanho cacheado, olhos azul-cristal.

"Moro em Nápoles, mas no verão venho pra cá, porque é onde está o dinheiro."

"Remo trabalha no Buca di Bacco", minha mãe diz.

"O hotel?" Eu lembro de ter lido sobre o lugar quando pesquisava para a viagem.

"*Hotel e ristorante*", Remo diz. "Sou *cameriere*... garçom." Ele sorri.

"É uma profissão muito respeitada na Itália", minha mãe diz. "Uma pena os Estados Unidos não terem a mesma tradição."

Meus pais só vão a dois restaurantes regularmente, ambos em Beverly Hills: Craig's e Porta Via. E pedem as mesmas quatro entradas. Meu pai é uma criatura de hábitos. Raras vezes minha mãe o convencia a experimentar alguma coisa fora de sua zona de conforto, como o Eveleigh, em West Hollywood, ou o Perch, no centro.

Quando o garçom aparece, Remo troca um aperto de mão caloroso com ele. "*Buongiorno, signore.*"

"*Buongiorno*", Carol diz. Ela toma um belo gole de água e torce o cabelo molhado sobre o chão de areia.

Remo começa a fazer o pedido em um italiano rápido. Olho para Carol.

"Tudo aqui é uma delícia", ela diz. "Não se preocupe. Remo me trouxe na semana passada, é melhor ir na onda dele."

Nunca ouvi minha mãe dizer "é melhor ir na onda", nem uma vez.

"Vocês são...", começo a dizer, mas Carol responde antes que eu possa concluir.

"Amigos", ela diz. "Remo me pôs sob sua asa e tem me mostrado Positano pela perspectiva de um local." Minha mãe se inclina sobre a mesa e diz, em tom conspiratório: "E é muito bonito".

Olho para Remo, que continua imerso na conversa com o garçom. "Hum, é."

"O que te trouxe a Positano, Katy?", minha mãe pergunta. "Além do óbvio."

"E o que é o óbvio?"

"A Itália", ela me diz, com uma piscadela.

Uma garrafa de rosé e três taças aparecem. Remo nos serve e sua atenção regressa à mesa e à nossa conversa.

"É um lugar lindo, não?", ele diz.

Faço que sim com a cabeça. Não sei bem o que dizer. *Minha mãe morreu e não sei mais o que fazer da minha vida, por isso deixei meu marido e vim para a Itália.*

Ah, aliás, você é ela.

"Eu precisava de uma folga", digo, sincera. Minha mãe sorri. Remo volta a encher seu copo de água.

"Então um brinde à sua folga", ela diz.

Brindamos. O vinho desce gelado, doce e suave.

Meu último almoço normal com minha mãe me vem à cabeça. Foi em um dia quente de dezembro, depois de fazer compras no Grove de West Hollywood. Ela queria experimentar um lugar diferente, ao ar livre, comigo, por isso escolhemos um mexicano vegano chamado Gracias Madre, em Melrose, que tem um pátio e uma guacamole excepcional.

"Vamos tomar uma taça de vinho?", ela sugeriu quando sentamos.

Minha mãe não costumava beber durante o dia. Tomava meia tacinha para acompanhar os outros, e nada se ninguém sugerisse. Eu já a havia visto pedir um martíni em um almoço bem tarde em um bar de Nova York, depois de termos assistido a *Jersey Boys* na Broadway.

Eu quis perguntar se ela tinha certeza. Fazia dois meses que tinha descoberto o câncer e estava em tratamento. Ainda não tínhamos chegado à parte mais pesada. Era só um coquetel de comprimidos que às vezes a deixava exausta, mas não havia mudado seu rosto ou seu cabelo. Não daria para saber que tinha alguma coisa de errado com ela só de olhar.

"Tá", eu disse. "Vamos tomar um vinho."

Pedimos duas taças de Sancerre, que o garçom serviu na mesa. Ela provou.

"Uma delícia", minha mãe disse.

Lembro que ela estava usando uma blusa de caxemira laranja de manga curta, calça xadrez, mocassim marrom e um lenço amarrado na bolsa Longchamp.

"Acha que a gente devia voltar pra comprar aquela saia da J.Crew?", ela perguntou.

Era uma saia curta de veludo, com brilho na bainha. Fofa, mas cara demais, decidimos ao final. O tecido não era da qualidade que ela queria — como nunca era naquele tipo de loja. E minha mãe ficava furiosa que nada tinha forro. Fiquei surpresa quando ela mencionou a saia. Minha mãe não costumava se arrepender.

"Não precisa", eu disse.

Ela sorriu. "Ficaria bonita com uma blusa preta."

"Já tenho saias demais."

"Mesmo assim", ela disse. "Acho que a gente devia comprar."

Lembro que ela tomou o vinho rapidinho. E lembro de pensar que, muito embora tivéssemos sido abençoadas com aquele dia, aqueles momentos tão divertidos e alegres — compras, almoço, vinho no meio do dia —, essa indulgência era um indício da doença dela.

Mas agora, sentada aqui com ela, trinta anos antes, do outro lado do mundo, vendo minha mãe beber rosé gelado como se fosse água, chego à conclusão de que talvez houvesse partes dela que nunca fiz um esforço para ver. Partes dela que queriam beber ao sol numa quarta-feira. E voltar para comprar uma saia, sem necessidade.

O almoço é gostoso, mas o restaurante do hotel, Il Tridente, é melhor. Como queijo halloumi grelhado sobre uma cama de alface, lulas e salada caprese, tudo acompanhado de muito vinho.

"Remo me levou a Capri no fim de semana passado", minha mãe diz. "É supervalorizada, na minha opinião. Positano é muito mais bonita. E mais autêntica. Me sinto muito mais conectada com a cultura italiana aqui do que lá."

Remo balança a cabeça. "Capri é agradável quando se está na água. Em terra, nem tanto."

Meus pais e eu fomos para Londres quando eu tinha doze anos. Ficamos perto de Westminster, vimos *Wicked* e andamos na London Eye. Foi o mais perto de férias na Europa que cheguei.

"É difícil chegar aqui e é difícil ir embora, mas ficar é muito fácil", minha mãe diz. "Vim pela primeira vez com meus pais, quando era pequena, e nunca esqueci."

Não sei se eu sabia dessa viagem. Tem tanta coisa que nunca perguntei. E tem tanta coisa que quero descobrir agora.

"Aonde mais você foi?"

"A Ravello, que é maravilhosa. E Nápoles, que não gostei muito. Remo é de lá. Roma é incrível, claro."

"É minha primeira vez na Itália", digo.

"Bom", minha mãe diz, estendendo o braço sobre a mesa para pegar minha mão, "você escolheu o momento perfeito para vir."

Remo fala sobre a beleza de Ravello, que fica bem perto, e me pergunta se já passei por Capri. Explico que acabei de chegar.

"Você ainda tem tempo", Carol diz. "Ninguém precisa ter pressa na Itália."

Quando finalmente nos levantamos, me sinto um pouco tonta.

Deixamos a mesa e seguimos rumo às pedras. Tem uma espreguiçadeira ali, onde minha mãe joga a bolsa. Eu a imito. Ela tira o vestido, e eu fico impressionada com seus movimentos — tão despreocupados, tão naturais. Penso em minha mãe em Palm Springs, em Malibu. Seu maiô sempre acompanhado de uma canga estratégica, seus braços protegidos do sol por uma camisa leve de linho. Ela tinha um belo corpo, sempre teve. Mas também tinha uma modéstia que não fica aparente aqui. Quando foi que começou? Quando ela decidiu que seu corpo era uma coisa na qual devia prestar muita atenção? Uma coisa que não deveria ser admirada?

Minha mãe sempre amou a água, no entanto. Sempre amou nadar. Caía na piscina toda manhã. Sua touca da L.L.Bean parecia uma bola flutuando na superfície.

Eu a sigo, e de repente estamos entrando no mar. Eu mergulho na água e, quando volto à tona, vejo que ela está boiando de costas, com os olhos fechados. Queria tirar uma foto, capturar o momento. Em vez disso, eu a copio. Ficamos assim, só boiando, até que a lancha de Antonio aparece.

Subimos, ensopadas, e somos levadas de volta ao porto de Positano. Quando chegamos, o sol já está mais baixo no céu. A lancha atraca e Remo nos ajuda a descer. Agradecemos a Antonio, que toca a aba do chapéu antes de ir embora.

"Obrigada", digo a minha mãe. "Foi um dia maravilhoso. O melhor que tive em muito tempo."

"Eu que agradeço", ela diz. "É sempre bom fazer uma amiga."

Percebo que não perguntei quanto tempo ela vai ficar. "Você vai estar aqui amanhã?" Sinto um frenesi crescer dentro de mim. Um desespero repentino de me agarrar a ela depois de um dia de lazer.

Minha mãe sorri. "Claro. Vou levar você ao La Tagliata. É um restaurante incrível no alto de uma colina. Você não vai acreditar. O ônibus sai às quatro do seu hotel. Posso te encontrar lá."

"Pra onde você vai agora?", pergunto.

"Vou levar Remo e depois passar no mercado pra pegar umas coisinhas. A proprietária do lugar que estou alugando vai vir esta noite."

Imagens da minha mãe cozinhando, rindo e jantando com outra mulher me inundam. Uma onda de ciúme me atinge.

"Mas amanhã a gente se vê, certo?", ela me olha. Pelo mais breve, mais minúsculo fragmento de tempo, acho que talvez me reconheça também. Talvez alguma coisa nela faça contato através do espaço e do tempo para lhe transmitir a informação que precisa saber. Que ela pertence a mim. Que somos uma da outra. Só nós duas. Então Remo dá um tapinha no ombro dela e o momento passa.

Faço que sim com a cabeça.

"Ótimo. Até amanhã", ela diz, então se vira para ir embora. De repente, ali, de pé no píer, com a água se movendo sob nós, o vinho correndo pelas minhas veias, sinto uma necessidade intensa de abraçá-la. Uma necessidade visceral.

Então faço isso.

Me inclino para a frente e a pego nos meus braços. Ela cheira a água do mar, vinho e minha mãe.

"Obrigada por hoje", digo, e a solto. *Amanhã.*

Dez

Acordo com alguém batendo de leve na minha porta.

"Um segundo", digo, sentindo a neblina e a pressão da ressaca chegarem. Dou uma olhada no relógio e vejo que já passa das oito. Voltei do almoço com a ideia de deitar um pouco, mas dormi profundamente por mais de três horas.

Pego a garrafa de vidro com água da penteadeira e a viro enquanto abro a porta. Do outro lado está Nika, usando camisa branca e jeans de cintura alta, com um pouco de blush nas bochechas e o cabelo solto. Está uma graça.

"Oi", digo.

"Oi", ela diz. "Boa noite. Você está bem?"

Olho para minha saída de praia toda amassada e sinto meu rosto. Ainda que eu tenha usado chapéu, parece quente e seco — queimado de sol, sem dúvida. Acho que não reapliquei o protetor depois que chegamos, e o restaurante quase não tinha sombra.

"Estou", digo. "Só bebi vinho demais no almoço. Você...?"

"Ah!" Ela revira os olhos para si mesma. "O senhor lá embaixo estava preocupado. Eu disse que podia vir ver se estava tudo bem."

Adam. Merda.

"Diga a ele que já desço. E que peço desculpa. Obrigada."

Nika assente. "Pode deixar."

"Ei, Nika", digo, recordando. "Marco comentou que Adam está tentando comprar o hotel."

Ela ri. "Marco acha que todo mundo está sempre tentando tirar o hotel dele. Mas não é um lugar tão atraente quanto ele pensa."

"Sério?"

Nika dá de ombros. "Eu gosto daqui, claro. Adoro. Faz parte da vida da minha família há muitos anos. Não sei nada sobre o Adam. Talvez ele esteja mesmo tentando. E estamos precisando de ajuda."

"Eu já desço", digo. "Obrigada por vir me avisar."

"Vou avisar o sr. Westbrooke", ela diz com um sorriso, então fecha a porta.

Entro no chuveiro.

Preciso de doze minutos e meio para me lavar, pôr um vestidinho florido, pentear o cabelo e passar o mínimo de maquiagem. Blush, brilho e um pouco de rímel.

Quando desço, Adam está sentado na mesma mesa do café da manhã.

"Ela está viva!" Ele levanta, usando calça de linho bege e camisa de linho branca, além de uma pulseira budista com contas de madeira, do tipo que se vê em estúdios de ioga por toda parte em Los Angeles. Seu cabelo loiro cai sobre a testa. Adam está... bem bonito.

"Desculpa", digo. "Tomei vinho demais no almoço e peguei no sono. Não tenho o costume de beber de dia."

Adam sorri para mim, e eu noto que tem dentes muito brancos. "Estamos na Itália. É inevitável."

Ele aponta para a cadeira à sua frente e eu sento.

"O happy hour já foi", Adam diz, "mas pensei que podíamos jantar."

Agora que estou sentada, percebo que meu estômago parece um motor engasgado. Faz séculos que não como.

"Perfeito", digo. "Estou morrendo de fome."

Adam abre o cardápio. "Do que gostaria?", ele me pergunta.

É uma questão simples. Comum. Mas me vejo incapaz de responder. Estou tão acostumada ao prazer do hábito. Será que gosto da salada do La Scala? Do creme de avelã, da cor branca? A familiaridade é um gosto? Ou apenas uma tolerância com o que estamos acostumados?

"A salada de tomate e o ravióli são deliciosos", digo.

Adam sorri. "Ah, eu sei. Mas, na minha opinião, nada bate o macarrão à primavera deles. E tem um peixe salgado que..." Ele leva as pontas dos dedos juntas aos lábios e dá um beijo.

"Vou deixar você escolher então."

"Por que não pedimos os dois?", ele sugere. "Eu divido o meu, se você dividir o seu."

O jeito que ele fala, como se estivesse me desafiando, desperta alguma coisa dentro de mim.

"Vinho?", Adam sugere.

Fecho um olho.

"Ah. Tá. O almoço. Vamos pegar leve."

Ele pede uma taça de Barolo para si e eu peço um chá gelado. Leva algum tempo para explicar ao garçom — o mesmo que nos serviu no café, que agora sei que se chama Carlo — o que exatamente é um chá gelado. Acabo recebendo um bule de chá preto e um copo de gelo. Justo.

"Então, Katy", Adam diz. "Me diz qual é a sua."

"Qual é a minha?"

"Qual é a sua."

"Ouvi dizer que você está tentando comprar este lugar",

solto. Recosto na cadeira e passo uma mão pelo rosto. "Desculpa, não é da minha conta. Mas Marco parecia chateado de manhã. E acho que você mentiu pra mim."

Adam ri. "Eu omiti, não menti."

"Mentiu por omissão."

Adam abre as mãos com as palmas para cima, em rendição. "Justo. Mas é que as pessoas ficam irritadiças quando descobrem que você está querendo se meter com um famoso estabelecimento local, o que dá pra entender. Fora que a gente tinha acabado de se conhecer."

"Então, por que está fazendo isso?"

Adam toma um gole de vinho. "Trabalho pra um grupo de hotéis. Essa parte era verdade, claro. Eu te falei que queríamos comprar alguma coisa aqui em Positano, o que também é verdade. Só não mencionei que estava falando deste lugar."

"Mas Marco não quer vender."

Adam dá de ombros. "Eles sofreram um baque recentemente. Não sei se têm dinheiro para se manter como querem no momento. Estão em dificuldades, trabalhando com uma margem de lucro muito estreita. Os turistas só vêm a Positano por quatro ou cinco meses ao ano, no máximo."

"O hotel está na família deles há um século." Não sei se é verdade, mas *parece* ser.

"Há uns quarenta anos, mas sim." Adam apoia os cotovelos na mesa. Seu corpo se inclina em direção ao meu. "Quer mesmo falar sobre isso?"

Sinto meu corpo inteiro ficar vermelho, até os dedos dos pés.

Este é o momento. Este é o momento em que eu digo: *Ei, só pra você saber, sou casada. Não sei QUÃO casada no momento, não sei se estamos dando um tempo, se estamos no começo de um processo de divórcio ou o que exatamente está rolando entre mim e*

Eric, mas tenho duas alianças lá em cima que passaram cinco anos nos meus dedos e só foram tiradas vinte e quatro horas atrás.

Mas não digo isso. Digo apenas: "Não".

Adam volta a recostar na cadeira. "Ótimo."

O peixe chega, inteiro — com cabeça, rabo e tudo mais — e coberto por uma crosta de sal. Carlo o exibe em uma travessa branca, com orgulho.

"É lindo", Adam elogia. "Parabéns."

Em uma mesinha mais adiante, Carlo começa a quebrar a crosta de sal para abrir o peixe. Ele sai em pedaços grandes e satisfatórios.

Penso no que Eric faria se estivesse aqui. Ele é a pessoa mais fresca do mundo para comer. Gosta de frango, macarrão e brócolis. Minha mãe costumava dizer que seu paladar nunca evoluiu, que ele continuava comendo como uma criança de seis anos. Ela estava certa, e agora chego à conclusão de que, se esta experiência é tão extraordinária, é porque em casa pedíamos fast food o tempo todo. Só comíamos bem quando minha mãe cozinhava para a gente.

Carlo volta com nossos pratos. O peixe branco agora está acompanhado de legumes sauté e batatinhas assadas cortadas ao meio. Meu estômago ronca ansioso.

"Parece maravilhoso", elogio.

"Bom apetite", Carlo diz.

Quando ele vai embora, dou uma garfada.

"Acho que meu restaurante preferido no mundo é o deste hotel."

Adam olha para mim. "Não vou discutir. Mas isso me diz que você não foi a restaurantes o bastante nesta vida."

Penso em Eric e em nossa viagem anual a Palm Springs, em nossa ida a Miami para comemorar nosso aniversário de cinco anos.

"Você não está errado", digo.

"Você já esteve na Europa?"

"Já", digo. É verdade, teoricamente. Londres conta, não?

Nos concentramos na comida. O peixe está perfeitamente amanteigado, os legumes estão mergulhados em azeite, o macarrão está al dente. Acabo cedendo e pedindo uma taça de vinho.

Adam foi criado na Flórida, mas mora em Chicago. Adora a Itália, mas não tanto quanto a França. Ele me diz que a França tem tomates e queijos melhores, e que a Provença tem os melhores produtos frescos do mundo. A mãe de Adam nasceu em Paris e passou a infância lá. Ele fala francês fluente.

Adam gosta de caminhar, de cachorros e de viajar de avião. Não gosta de passar muito tempo no mesmo lugar.

É solteiro.

Recebo essa informação na forma de uma ex-namorada com quem ele foi para Tóquio há alguns meses. É sutil, mas eficaz.

"Foi uma viagem horrível, mas acho que não posso culpar a cidade pelo término. Fazia tempo que estava pra acontecer."

"Sinto muito", digo.

"Eu não sinto. Vai saber onde eu estaria agora. Se alguma coisa muda, tudo muda."

Fico mexendo na minha taça de vinho e tomo o que resta nela.

"Você é do tipo que come sobremesa?", Adam me pergunta.

Sou louca por doce, sempre fui. Herdei isso do meu pai. Minha mãe nunca ligou muito, tampouco Eric. "Prefiro mil vezes um pacote de salgadinhos a um chocolate", ela costumava dizer.

"Sou", digo. "Com certeza."

"Eles têm uma torta de frutas vermelhas que entra e sai do cardápio. Não sei se estão fazendo agora, mas podemos pedir a Carlo."

A ideia da torta é recebida com entusiasmo. Dez minutos depois, uma mistura delicada de frutas vermelhas e creme chega à nossa mesa.

"Damas primeiro", Adam diz, empurrando o prato para mim.

Pego uma colherada. É divino, como seria de imaginar.

"Minha nossa."

Ele pega um pedaço também. "Eu sei."

"Acho que é a melhor coisa que já comi. Não estou brincando."

Adam recosta e olha para mim. Olha para mim de verdade. Sinto seus olhos em mim, como uma mão.

"Você ainda não me disse se tem alguém te esperando em casa", ele diz, então pega uma xícara de café que Carlo trouxe com a sobremesa.

Engulo o pedaço de torta e tomo um gole de água, então assinto.

Adam ergue uma sobrancelha. "Isso é um sim."

"Isso é um sim."

"Não posso dizer que fico surpreso."

"Como assim?"

Ele me encara. Seus olhos parecem se abrandar. Se antes eu sentia como se me tocasse com a mão aberta, agora é como se fosse só a ponta dos dedos. "Você parece o tipo de mulher que gosta de pertencer a alguém."

Sinto suas palavras fisicamente. Elas me atingem bem no esterno.

"Eu ia vir pra cá com minha mãe", digo. "Ela sempre

amou Positano. Veio aqui..." Deixo a frase morrer no ar quando penso em Carol no barco, ainda hoje, com água espirrando nela, a boca entreaberta, os olhos fechados.

"O que aconteceu?", Adam pergunta, com delicadeza.

"Ela morreu", digo. "E tudo o que eu conhecia foi com ela. Meu casamento..." Adam reage, mas não diz nada. "Não sei mais quem eu sou."

"Você veio pra cá pra se achar?"

Assinto. "Talvez."

Adam pensa a respeito. "Como ele é?"

"Quem?"

"Seu marido."

"Ah. Estamos juntos desde a faculdade", digo. "Ele... Não sei. É o Eric."

Adam inspira. "Sabe qual eu acho que é o seu problema?"

Pigarreio. Não sei se fico impressionada ou puta. "Sério?"

Ele me olha como se dissesse: *ah, vai*.

"Tá bom. Qual é o meu problema?"

"Você sente que não está no comando da sua própria vida."

"Você me conhece há duas horas."

"Tomamos café juntos, não esqueça. E você chegou atrasada ao jantar. Já faz umas treze horas."

Gesticulo para que siga em frente.

"Você age como se não soubesse como veio parar aqui, como se tivesse acordado, olhado em volta e pensado: *Hum*. Mas tenho uma coisa a te dizer: não agir é uma escolha."

Fico sentada ali, olhando para ele. É bem estranho ouvir um desconhecido te repreender e acertar na mosca.

"Só isso?"

"E você é bonita."

Me sinto corar de novo. Meus dedos dos pés formigam. "Isso é um problema?"

Ele se inclina, chegando tão perto que sinto o cheiro de frutas vermelhas e café em seu hálito. "Pra mim? Com certeza."

Onze

Acordo cedo outra vez. O sol mal aponta no horizonte. Não são nem seis horas. Faço um chá e levo para a sacada, que tem vista para o mar. Toda a cidade está banhada pela mesma luz azulada e nebulosa.

Me separei de Adam no elevador ontem à noite. Ele está no segundo andar — em uma suíte com uma vista linda, conforme me disse. Só dei risada, porque aqui todo lugar tem uma vista linda.

Neste momento, nesta manhã, só consigo pensar nela. Estou ansiosa para vê-la à noite, ansiosa para saber se vai mesmo aparecer, ansiosa para descobrir se ontem não passou de um sonho lúcido um pouco real demais. Sinto a cafeína chegar ao meu sistema. Ela não me deixa nervosa, só mais alerta, como se eu tivesse colocado os óculos. E eu sei, de uma maneira que só a certeza pode garantir, que era mesmo ela, que minha mãe está aqui. Que de alguma maneira entrei em uma realidade mágica em que podemos ficar juntas. Que o tempo aqui não apenas passa mais devagar como se dobra sobre si mesmo.

Nem parece tão inacreditável assim. Ela ter partido é muito mais maluco, muito mais desorientador.

Volto para dentro e deixo a caneca de lado. Quando vou

pegar o protetor labial na nécessaire, vejo nosso roteiro de viagem original, aquele que enfiei na bolsa. Pego a folha amassada. Tem uma lista de restaurantes nele — incluindo o Chez Black, claro, e um restaurante com um limoeiro em Capri. Para o dia de hoje, a programação era o Caminho dos Deuses.

Eu lembro de minha mãe me falar a respeito. De como, quando ela esteve aqui, subia os degraus até o topo de Positano, onde fica uma trilha que liga Bomerano e Nocelle, cidades mais acima.

Calço o tênis e visto um short e um top. Nunca fui superatlética, mas sempre gostei de me exercitar. Comecei a jogar futebol no ensino fundamental e só parei no segundo ano do ensino médio, quando rompi o menisco. Na faculdade, descobri a natação. Quando morávamos em Nova York, andar de bicicleta à margem do Hudson era o que me mantinha sã. Em Los Angeles, eu geralmente ia à academia ou ao estúdio Pure Barre que fica na esquina de casa.

Pego meu boné, me encho de protetor solar e desço.

Marco está sozinho na recepção, parecendo bem animado para essa hora do dia.

"*Buongiorno!*", ele me cumprimenta. "Vai fazer uma caminhada?" Marco movimenta os braços ao lado do corpo, como se estivesse esquiando.

"Pensei em fazer o Caminho dos Deuses", digo.

Marco reage levando as costas da mão à testa.

"São muitos degraus!", ele diz, como se eu tivesse sugerido uma coisa impossível. "A subida não termina nunca!"

"A entrada é aqui perto?", pergunto.

Ele aponta para a porta à direita, e eu vislumbro a rua, ainda sonolenta a esta hora.

"Quando achar os degraus, sobe." Ele aponta para o teto. "Não para de subir que uma hora chega."

"Obrigada!" Me despeço com um aceno, mas Marco me impede de ir.

"Espera!" Ele sai e volta com uma garrafa de água com a insígnia do hotel. "O sol de Positano é forte."

Agradeço e vou embora. Um pouco adiante há uma loja de tecido com diferentes produtos elegantes de linho expostos na vitrine — toalhas de mesa, guardanapos e lenços com detalhes em renda. Ao lado, há um lugar com uma máquina de raspadinha. Vejo a limonada bem amarela girando e girando. Então, à esquerda do lugar, vejo um lance de escada. Vou por ali. São degraus de pedra um após o outro. Subindo, subindo, subindo. Contornando pequenos hotéis e casas. Espio a movimentação da vida cotidiana pelas janelas. Dois minutos depois, já estou sem fôlego.

Não lembro da última vez que saí para caminhar, muito menos para correr ou para ir à academia. Estou fora de forma, sem prática, desacostumada a forçar meu corpo assim. Minhas pernas quase não se moveram no último ano. Ficaram quietinhas enquanto meu coração, minhas entranhas e minha alma corriam em círculos, gritando, histéricos. Agora, noto que mover meu corpo parece ter o efeito contrário. Enquanto suo, ofegante, meu interior está tranquilo. Tudo em que consigo pensar é no degrau seguinte.

Marco tem razão: a subida é íngreme e parece que nunca vai terminar. Mas, depois de uns dez minutos de um treino puxado de cárdio, chego a um patamar. Fora do centro, a cidade se torna mais residencial. As nonas ficam sentadas do lado de fora de casa, conversando com as vizinhas enquanto tomam café e esperam que o restante da família acorde. Aceno para uma mulher varrendo a entrada de casa. Ela acena de volta.

Fico impressionada com como a Itália parece atemporal.

Não é a primeira vez que isso me vem à cabeça — a ideia de que a Itália que visito agora não é muito diferente daquela pela qual minha mãe se apaixonou há trinta anos. A cultura local é milenar. O progresso aqui é medido de maneira diferente do que nos Estados Unidos. É mais lento. As fachadas das casas seguem a mesma paleta de cores há uma centena de anos. As instituições prevalecem. As igrejas e as imagens religiosas estão aqui há séculos, e não apenas décadas. Os mesmos pratos voltam ao cardápio ano após ano.

Depois de mais cinco minutos de subida, estou simplesmente pingando. Abro a garrafa que Marco me deu e bebo água com gosto. Dou uma olhada em volta.

Cheguei ao fim da escada e, a partir daqui, o caminho é uma trilha de areia e pedra que desaparece em meio à natureza. Devo estar na entrada do Caminho dos Deuses. Aprendi com a breve descrição em nosso roteiro que esse nome se deve a uma lenda. Dizem que esse foi o caminho que os deuses percorreram para descer ao mar e salvar Ulisses das sereias que tentavam atraí-lo com seu canto. Por séculos, essa foi a única via que ligava as diferentes cidades da Costa Amalfitana. Foi muito utilizada e é muito querida.

A vista daqui é de tirar o fôlego e lembra aquela de quando se chega à cidade. Os barcos na água, que antes eu via com clareza, agora são pontinhos brancos no mar. Daqui, os hotéis e casinhas de Positano parecem gotas de aquarela sobre uma vastidão azul. Estou muito acima da cidade agora.

Sento em um degrau de pedra. Minhas pernas tremem. O sol terminou de nascer, banhando o mundo com sua luz furiosa e intensa. Não sinto nem o mais leve resquício de ressaca. Não é à toa que as pessoas bebem tanto vinho aqui.

Penso nesta trilha. Em quantas pessoas vieram e voltaram por ela. Em quantas histórias, quantos passos.

Penso na minha mãe aqui, tantos anos atrás. Penso nela aqui, agora. Seu cabelo castanho-avermelhado e comprido, o sorriso largo, o vestido com tênis, o brilho do suor na testa bronzeada. A mesma pessoa, e alguém totalmente diferente.

"Aí está você!", ela diz, arfando. "Eu praticamente te persegui até aqui!"

Ela é real de novo, carne e osso. Com toda a juventude e todo o frescor de alguém despertando para um novo dia de água do mar e vinho, nada mais.

Eu me levanto. "Você veio atrás de mim?", pergunto, sem fôlego, mas aliviada.

Minha mãe leva as mãos à cintura e se inclina para a frente para respirar. "Você passou na frente da minha sacada. Acenei, mas você não me viu, então calcei o tênis e vim. Você está me devendo uma massagem, no mínimo."

Olho para seu corpo esguio, para suas pernas fortes. "Você não faz esse passeio todo dia?", pergunto.

Ela me olha como se eu fosse doida. "Você está brincando, né? Nunca subi aqui. São, tipo, doze mil degraus." Ela se endireita e se concentra na vista. "Mas tenho que dizer que fico feliz em ter te seguido. É espetacular."

Vou para o lado dela. Penso num cartão-postal deste lugar. Devia ser igualzinho mesmo cem anos atrás. Espero que continue igualzinho daqui a cem anos também.

"Em Los Angeles tem uma trilha chamada TreePeople, saindo de Mulholland", ela comenta. "Você conhece?"

Nego com a cabeça.

"Gosto de ir lá às vezes. E levo um caderno, porque é um bom lugar para desenhar. Mas faz tempo que não vou. Este lugar me lembrou de lá."

"Gosto de fotografar", digo. "Eu costumava levar uma

câmera comigo quando ia ao Fryman Canyon. É a trilha que minha... É a trilha que eu mais gosto de fazer."

"Aposto que você é uma ótima fotógrafa."

"É?"

Ela confirma com a cabeça. "Dá pra ver que você tem muito bom gosto. A não ser pela roupa que estava usando ontem, claro."

Minha mãe sorri, o que me faz rir.

Ficamos assim, lado a lado, sem dizer nada.

"Carol." O nome parece ao mesmo tempo estranho e familiar. "Tenho que te dizer uma coisa."

Ela se vira para mim, e eu vejo o suor escorrer por seu rosto, seus olhos verdes brilhando ao sol.

Quero dizer a Carol que ela é minha mãe. Quero pedir a ela que se esforce para ver se consegue acessar outra época, outro lugar. Quero saber se consegue vislumbrar o futuro, se vê a filha em seu colo. Quero saber se consegue ver nós duas usando vestidos floridos contrastantes e correndo pela praia de Malibu, eu um pouco atrás dela. Quero saber se ela consegue se ver na nossa cozinha, tirando massa de biscoito de meus dedinhos. Será que ela sabe? Como poderia não se lembrar?

Mas é claro que ela não se lembra. É só uma mulher vivendo uma aventura de verão, e eu sou só outra turista americana com quem esbarrou por acaso.

"Diga." Ela continua olhando para mim.

"Não sei se curti o Da Adolfo", solto.

Carol ri, contraindo o rosto e sacudindo a cabeça. "Então também tenho que te dizer uma coisa", ela fala. "Nem eu sei se curto. Mas a localização é imbatível."

"A comida não estava nada de mais", digo.

"O nível aqui é muito alto", ela diz. "E ainda mais se você está hospedada no Poseidon."

"Aonde você costuma ir em casa?", pergunto. "Em Los Angeles, digo. Onde você gosta de comer?"

Ela sorri. "Cozinho bastante. Tenho um apartamento bem legal no Eastside. Vou te convidar, quando voltarmos. Faço bastante macarrão, bastante peixe. O segredo de Los Angeles é que os melhores restaurantes estão no centro. São poucos e ficam distantes uns dos outros, mas são incríveis. E eu adoro Chinatown."

Penso na minha mãe com um dim sum à sua frente, batendo palmas alegremente enquanto cantamos "Parabéns a você" para ela. Faz muito tempo que não vamos a Chinatown. Por que paramos de ir?

"E nunca recuso um hambúrguer do In-N-Out." Ela pigarreia. "Vamos voltar?"

Começamos a descer os degraus juntas, lado a lado. Quando chegamos ao patamar, paro e volto a olhar para o oceano. Faz muito mais calor agora do que quando comecei a subir, e minha garrafa de água já está quase vazia.

"A gente se vê às quatro?", minha mãe pergunta.

"Quer tomar café no meu hotel?" O que será que vai acontecer se ela voltar comigo?

"Eu adoraria, mas estou trabalhando em um projeto", ela diz, meio acanhada. É a primeira vez que a vejo assim desde que nos encontramos aqui.

"Que tipo de projeto?", pergunto.

Penso em mim mesma sentada no chão de showrooms quando era pequena e acompanhava minha mãe. Observando-a escolher tapetes, tecidos para cortinas e móveis para seus clientes. Penso em mim mesma brincando no chão da loja do meu pai, observando minha mãe vestir os manequins. Eu adorava vê-la em seu habitat natural.

"Não é nada certo", ela diz, pondo as mãos na cintura e dando de ombros.

"Me conta."

"Estou trabalhando em uma proposta para o hotel Sirenuse." Ela leva uma mão ao rosto. "Remo me disse que vão redecorar o hotel, e decidi, meio que por capricho, tentar. Gente muito famosa de Roma e Milão está concorrendo. Sei lá, acho que é besteira..."

O Sirenuse é o melhor hotel de Positano, com um preço à altura. Quando minha mãe e eu pesquisamos, a diária era de setecentos dólares.

Ela me falou que era um lugar lindo.

"Não sabia disso", digo.

"Acabamos de nos conhecer! E ninguém sabe, na verdade. Design de interiores é meio que uma paixão. Me formei em história da arte e trabalho em uma galeria de arte, mas... mas não é o que quero fazer de verdade. Quero trabalhar com decoração. E fazer o projeto desse hotel seria a realização de um sonho."

Ela ainda não sabe, penso. Ela ainda não sabe que vai mesmo se tornar uma designer de interiores.

Penso em mim mesma entrando no escritório da minha mãe, na casa de Brentwood. No carpete branco e macio, nos pôsteres de filmes pendurados nas paredes — como se ela não fosse uma decoradora, e sim uma produtora de cinema. Filmes cujo cenário ela adorava. "Sua casa é um cenário", minha mãe costumava falar aos clientes. Eu entendia o que ela queria dizer. Que as casas dos filmes precisam funcionar, precisam mostrar ao público quem são os personagens, precisam ser reveladoras. Minha mãe queria que as casas dos clientes refletissem quem eles eram. Queria que as pessoas entrassem na própria casa e dissessem: "Ninguém além de Carol Silver poderia morar aqui".

"Ouvi dizer que é um lugar lindo", comento.

Ela confirma com a cabeça. "Fiquei nesse hotel quando vim com meus pais, muitos anos atrás. Nunca esqueci o lugar."

"Dá pra entender por quê."

Ela sorri. "Bom, é melhor eu ir. Mas obrigada por esse superexercício. Clareou minhas ideias. Preciso lembrar de fazer isso mais vezes!" Ela vira e se vai antes que eu possa impedir. "A gente se vê mais tarde!", minha mãe diz por cima do ombro.

Eu a vejo desaparecer escada abaixo. *Estou testemunhando sua história*, penso. Aqui está ela, no começo.

Doze

Estou toda suada e quase desidratando quando chego ao saguão do hotel. Agora é Carlo quem está na recepção em vez de Marco.

"É uma manhã quente", ele diz. "Água?"

"Por favor."

Ele me passa uma garrafa, que eu viro de uma vez só.

"Obrigada, Carlo."

Eu me viro para subir, mas ele me chama de volta.

"Deixaram um recado pra você", Carlo diz.

A primeira pessoa em que penso é minha mãe. Não Carol, a mulher de quem acabei de me separar, mas minha mãe. Como se ela estivesse em casa arrumando as flores e parasse para mandar um telegrama para a Itália: *Como vão as compras? Traga alguma coisa para a casa. Saudades. Beijos.*

Mas, para começo de conversa, ninguém mais manda telegramas.

A segunda pessoa em que penso é Eric.

"É?", digo.

"É", Carlo confirma. "Um hóspede chamado Adam quer saber se você está livre para almoçar."

Solto uma risada e meio que resfolego junto. Carlo nota.

"Obrigada", digo. "Eu falo com ele."

Pego a escada para ir ao restaurante, onde o café da manhã está sendo servido a todo o vapor. Nika conversa com um casal bem-vestido na faixa dos sessenta anos. Parecem franceses, e ambos usam roupas de linho branco impecável.

"Olha só quem apareceu!"

Adam parece muito animado esta manhã, usando um calção de banho listrado e uma camiseta cinza. Suas mãos estão vazias. Dou uma olhada e confirmo que deixou a chave do quarto na mesa de sempre.

"Oi", digo. "Acabei de receber seu recado."

Ele olha para mim. "Você parece cansada."

"E estou mesmo", digo. "Subi as escadas hoje."

Sinto meu corpo vivo. O sangue pulsando em minhas veias, o suor na nuca, o calor do esforço e do sol. É uma sensação boa.

"Gostou?"

Sorrio, pensando em Carol com a cabeça para trás, o mar abaixo de nós. "Gostei. Pode ir comigo amanhã, se achar que consegue acompanhar meu ritmo." Um homem de camisa havaiana equilibrando um prato com salsicha e ovos passa, falando num italiano rápido. "Mas agora vou comer toda a melancia que tem na mesa."

Adam acena com a cabeça para o bufê. "Quer companhia?"

Ele aperta os olhos para mim, com uma mão fazendo as vezes de viseira e bloqueando o sol. "Claro", digo.

Ignoro as recomendações dele. Hoje vou com tudo, quero de tudo, como se estivesse em um cruzeiro ou em Las Vegas. Não me seguro. Faço dois pratos. Um com frutas, iogurte com granola e doces. Outro com ovos mexidos, batatas e bacon. Deposito ambos no lugar à frente de Adam, que está de volta à mesa, tomando café.

Ele olha para mim, parecendo impressionado.

"Agora, sim", diz.

Eu afundo na cadeira, viro outro copo de água e começo pelas frutas. Como com uma voracidade que me parece nova. A melancia está doce, os ovos estão cremosos, o bacon está crocante e salgado.

Quando minha mãe ficou doente, imediatamente a comida começou a ter gosto de papelão para mim. Um dia eu estava louca pela mistura de doce e salgado do pad thai do Luv2eat na Sunset, e no outro tinha que me obrigar a comer um pedaço de torrada depois de passar oito horas de estômago vazio. A comida perdeu todo o sabor, todo o significado.

Minha mãe perdeu o apetite logo depois. Antes, no entanto, ela tentou. Continuou cozinhando para nós, e fingia saborear seu salmão assado com brócolis e seu famoso linguine ao vôngole. Mas o tratamento a deixava enjoada, e comer passou a ser um processo doloroso. Hospitais, agulhas e remédios não ajudam em nada o apetite. Ela foi ficando cada vez mais magra, assim como eu.

"Você precisa se cuidar", Eric vivia me dizendo. Ele comprava macarrão, pizza ou uma salada — coisas de que eu gostava, que me caíam bem —, mas eu comia só um pouquinho. Parei de abrir a geladeira. Um pacote de salgadinhos substituía uma refeição.

O que nunca contei a Eric, porque não sabia como contar sem dar início a outra conversa, porque não sabia como contar a ninguém, era que eu não tinha mais interesse em nada que me mantivesse viva. Comida, água, sono e atividade física são para aqueles que querem estar vivos, que querem prosperar. Eu não queria.

"Café?", Adam me pergunta. Olho para ele. Seu bíceps faz a camiseta cinza subir, revelando um pouco do músculo bronzeado. Como é possível que duas semanas atrás eu estivesse num hospital, e agora esteja sentada diante deste homem na Costa Amalfitana?

Faço que sim com a cabeça.

Ele me serve. O café está quente, espesso e forte. Delicioso.

"Qual é a programação de hoje?", Adam me pergunta.

Penso no roteiro dobrado lá em cima. "Quero dar uma volta", digo. "Minha... Uma amiga vai me levar a um restaurante na colina, às quatro."

Adam franze a testa para mim. "Achei que você estivesse sozinha."

"Estou", digo. "Ela é... A gente se conheceu ontem. Ela também é da Califórnia e conversamos um pouco."

"Isso é ótimo", ele diz. "É maravilhoso fazer amigos no exterior. Estou convidado?"

Tomo um gole de café. "Não."

Ele inclina a cabeça para mim. "Então tá."

"Mas, como falei, eu estava pensando em dar uma volta hoje. Quer me mostrar a cidade?" Aponto para a movimentação sob o terraço. "Ou vai ter que passar o dia tentando tirar de Marco o orgulho e a alegria da família dele?"

Adam recosta na cadeira e entrelaça as mãos à nuca. "Você é durona, Silver."

"Ninguém nunca me chamou assim."

"Como? De Silver?"

Balanço a cabeça. "Não, de durona."

"Não é um elogio", ele diz, embora esteja sorrindo para mim. "Então você quer que eu banque o guia turístico?"

Ergo os ombros, em deferência. "Você disse que vem pra cá desde sempre."

Adam olha para o mar. Vejo em seus olhos um indício

de alguma coisa que não sou capaz de definir, um pensamento que passa antes que eu possa identificá-lo. "Tá, então vamos lá."

Treze

Depois dos dois pratos de café da manhã e de repetir o bacon, subo para tomar um banho e me trocar, levando um pãozinho de canela comigo. As portas que dão para a sacada estão fechadas, bloqueando o sol da manhã. Tomo um banho frio — a sensação da água na pele quente é deliciosa — e me visto.

Encontro Adam no saguão vinte minutos depois. Ele continua usando a camiseta cinza e o calção, mas botou um tênis e um boné com KAUAI escrito.

Aponto para o boné. "Você foi?"

Ele leva um segundo para entender do que estou falando. "Ah. Kauai. Sim, claro. Seria esquisito usar esse boné se não fosse o caso, não é?"

"Acho que sim." Não menciono que Eric tem um boné com MOÇAMBIQUE escrito, embora nunca tenhamos pisado no continente africano.

Adam passa os olhos pelo meu corpo. "Você está bonita", ele diz.

Vesti um short jeans e uma blusa branca de renda com um biquíni azul por baixo. E estou de chapéu. Minha barriga está cheia e minhas pernas estão agradavelmente bambas do exercício matinal.

"Obrigada."

"Vai conseguir andar com essa sandália?"

Ele aponta para os meus pés, envoltos por uma papete rosa de plástico. Depois do meu tênis Nike, é o calçado mais confortável que eu trouxe.

"É uma Birkenstock!", digo.

"Ou seja...?"

"Ou seja: vamos logo."

Estou com minha bolsinha transpassada de palha e enfio nela uma garrafinha que pego ao passar pelo balcão da recepção. Não paro de beber água desde que voltei do passeio. Quero mais, mais e mais.

Adam estende o braço para que eu passe pela porta primeiro. Lá fora, o dia é claro e amistoso. Há turistas e locais nas ruas, tomando café em restaurantes ao ar livre ou abrindo lojas para começar a trabalhar.

"Aonde vamos?", pergunto.

"Relaxa", ele diz. "Vamos dar uma volta. A melhor maneira de conhecer Positano é andar sem destino."

Começamos passeando pela Viale Pasitea. Reparo nas construções em vermelho e laranja pelas quais passamos. Nos restaurantes, lojas e banquinhas de hortifrúti. Vejo cestas de frutas e legumes, manequins usando vestidos pintados à mão. Um azul com bordado prateado chama minha atenção. Prateleiras com bonecas de pano e xales em todos os tons de azul que o céu e o mar são capazes de oferecer.

"É tudo tão lindo", digo.

"Os produtos das lojas ou a vista?"

"As duas coisas. Mas a vista é realmente incrível. Lá no alto hoje de manhã... dava pra ver a região toda. Foi espetacular. Acho que Positano é o lugar mais deslumbrante que já vi."

Adam assente. "Sabe onde se tem a melhor vista daqui?"

"Não sei como seria possível superar a vista de hoje de manhã", digo. "Era linda."

"Na verdade, a melhor vista de Positano é do mar."

Alguém andando de bicicleta na calçada quase tromba comigo. Pulo para fora do caminho e ouço um carro buzinar. Os veículos são todos minúsculos, como se estivéssemos em um filme.

O comentário de Adam me lembra de alguma coisa que Eric costumava dizer quando morávamos em Nova York: que a melhor vista de Nova York era de Jersey City. *A melhor vista de um lugar sempre é a partir de outro lugar.*

Cinco anos atrás, minha mãe e eu fomos passar um fim de semana no Bacara de Santa Bárbara. É um hotel na costa, com uma vista linda do mar. Fizemos uma massagem e depois sentamos em cadeiras Adirondack para ver o pôr do sol.

"Olha só essas cores todas", minha mãe disse. "*É como se o céu pegasse fogo*, depois de um dia inteiro de sol. Quando a gente presta atenção, vê como a natureza é poderosa."

"Qual é seu lugar preferido no mundo?", pergunto a Adam.

"É sempre o próximo que ainda vou visitar", ele diz.

Continuamos andando até chegar a uma passarela coberta de primaveras. Lembro de ter passado por ela ontem. Vai dar na praça da igreja.

Casais passeiam de mãos dadas enquanto lojas ainda abrem as portas. Um pouco adiante, um jovem artista monta uma barraquinha. Ao seu lado, vejo paisagens de Positano e Roma e, por algum motivo, retratos de gatos. Finalmente, chegamos à praça no meio da qual fica a Igreja de Santa Maria Assunta, com sua cúpula dourada no alto.

"Este é um dos meus lugares preferidos na cidade", Adam

diz, olhando para a estrutura. Ele inclina a cabeça para trás e a descansa nas palmas das mãos.

"É bem grandiosa."

"Foi construída quando a imagem bizantina da Virgem Maria foi trazida pra cá. A lenda diz que ela estava em um barco que seguia para o leste e parou de repente. Os marujos ouviram uma voz dizendo 'Desçam-me! Desçam-me!'. O capitão achou que isso significava que a estátua da Virgem queria ficar em Positano. Ele mudou de curso, com a intenção de se aproximar da costa, e o barco voltou a navegar. Foi considerado um milagre. 'Posa posa' significa 'desçam-me', ou 'parem aqui'. O nome da cidade vem daí."

"Positano."

"Sim. Vem aqui."

Adam gesticula para que eu me aproxime. Ele aponta para cima, para a cúpula colorida. De qualquer outro lugar, parece dourada, mas agora vejo que na verdade é composta de ladrilhos em amarelo, verde e azul.

"Então a cidade inteira foi construída em volta desta igreja, dessa história", digo, ainda olhando para a cúpula banhada pelo sol.

"Não é assim que tudo começa?", Adam me pergunta.

Volto a baixar a cabeça e vejo que ele está me olhando. Permito que meus olhos, protegidos por óculos escuros, se fixem em Adam. Noto a camiseta agarrada a seu corpo, delineando o torso. Seu suor cria uma espécie de pontilhismo no tecido de algodão.

Eu era muito nova quando conheci Eric. Nunca havia namorado de fato, só passado por uma série de encontros e de mensagens não respondidas. Ele era exatamente o que eu estava procurando, ou seja, era a resposta para a pergunta mais ampla e geral que alguém poderia se fazer: *Quem?*

Na época, devo ter sentido que aquilo era certo, que ele era o cara para mim. Olhando para trás, tudo me parece um pouco arbitrário, como se eu não soubesse ao certo que critérios utilizei para avaliar Eric, nosso relacionamento e todo o resto. Eu queria um cara que pensasse que eu pertencia a ele tanto quanto pertencia à minha família. Achava que era assim que eu saberia. Mas agora...

E se entendi tudo errado? E se o sentido do casamento não fosse o pertencimento, mas se sentir transportada? E se nunca chegamos aonde queríamos ir porque estávamos confortáveis demais onde estávamos?

"Pra onde vamos agora?", pergunto a Adam. Não quero parar.

Ele acena com a cabeça para a esquerda. "Por aqui."

Adam me conduz pelas ruas que circundam a Marina Grande, uma área próxima da água cheia de lojinhas. Sorveterias ficam lado a lado com butiques pequenas e estabelecimentos que vendem todo tipo de souvenir superfaturado de Positano. Os limões parecem onipresentes. Uma mulher irritada na faixa dos sessenta vende todo tipo de mercadoria com "Positano" escrito. Garrafinhas de vidro cheias de areia, pratinhos de cerâmica com tomates e trepadeiras pintados, sandálias douradas feitas à mão. Pego um avental com estampa de limoeiro e passo a mão nele. É lindo, com cores fortes e vigorosas.

Sou transportada no mesmo instante para a cozinha dos meus pais. Estou cortando cebolas ao lado da minha mãe, que transfere para uma tigela de madeira as folhas verdes compradas na feira de Brentwood. Ela está usando uma camisa listrada azul-marinho e branca e calça jeans com a barra dobrada. Por cima, um avental de limão.

Devolvo o avental, como se tivesse me queimado. A gerente da loja olha feio para mim.

"Você está bem?" Adam me olha de onde está esperando, na entrada.

"Estou", digo. "Vamos?"

"Não quer levar?" Ele aponta para o avental.

"Não", eu digo. "Não estou precisando."

Ele me segue para fora. "Tem certeza? Eu trouxe dinheiro."

"Quer beber alguma coisa?", eu pergunto.

"Agora? Mal passa das onze."

Tiro os óculos e o encaro. "Estamos na Itália."

"Ei, eu topo. Mas foi você quem disse que queria que eu bancasse o guia turístico. Só estou tentando te mostrar o máximo possível."

"Você fez um ótimo trabalho. Agora quero um vinho."

Ele sorri para mim. "Como preferir. Conheço um lugar ótimo."

Eu o sigo pela rua até a Via Cristoforo Colombo. Depois de um minuto ou dois, paramos diante de um restaurante do lado esquerdo. Tem dois andares e um terraço com vista para a rua e o mar.

Adam aperta a mão do maître. Ele aponta para duas mesas do outro lado da rua, que parecem estar quase caindo no mar. "Pode ser?"

O homem faz que sim com a cabeça. "Naturalmente."

Atravessamos. Adam puxa uma cadeira para mim.

"Estamos no meio da rua", eu digo a ele.

"Legal, né?"

Olho para além dele, para onde a colorida Positano se ergue do mar.

"Deve ser uma vista espetacular à noite."

Adam assente. "É, sim." Ele olha para mim. Está sugerindo alguma coisa, mas eu deixo que morra no ar. Um garçom aparece com pão, água e um jarro de vinho branco, quebrando o clima. Adam nos serve.

"Excelente", digo. Tomo um belo gole. "Que vinho é?"

"É o branco da casa", Adam diz. "Sempre que venho, peço." Ele enxuga o suor da testa e ergue sua taça para mim. "A novas amizades." Adam olha nos meus olhos por um segundo a mais.

Bato minha taça na dele.

"Já se perguntou como as pessoas vinham parar aqui? Antes dos guias de viagem e do boca a boca?"

"O boca a boca sempre existiu."

"Você me entendeu." Apoio os cotovelos na mesa e me inclino para a frente. "Tipo, o tal do barco. Qual não deve ter sido a sensação de pisar nesta costa pela primeira vez? Nem consigo imaginar as pessoas que construíram este lugar. É como se sempre tivesse estado aqui, sei lá, escondido. Como se sempre tivesse existido exatamente como é hoje."

Adam recosta, pensativo. Toma um gole de vinho.

"Acho que já me perguntei alguma coisa do tipo", ele diz. "Tenho essa sensação em relação à Itália de modo geral. Toda essa história viva. Eras e experiências diferentes, alegria e sofrimento se sobrepondo como folhas de papel."

"Folhas de papel. É a analogia perfeita."

Penso em uma das cenas finais da refilmagem de *Thomas Crown* com Rene Russo e Pierce Brosnan. Thomas Crown rouba um quadro do Metropolitan Museum of Art e o substitui por uma falsificação. Conforme a trama avança, a polícia entra no museu e os sprinklers do sistema de combate a incêndio são acionados, desmanchando a falsificação e revelando

que o quadro original estivera ali o tempo todo, atrás dela.
O mesmo quadro.

Uma coisa em cima de outra em cima de outra.

"Quanto tempo você passa em casa?", pergunto a Adam.

"Consigo ver você em um apartamento com paredes e móveis cinza. Talvez uma cabeceira vermelha."

Ele ergue uma sobrancelha para mim. "Que específico."

"Masculino e minimalista", digo.

Adam ri. "Não sou muito caseiro, nisso você acertou. Mas gosto de cerâmica navajo. Não sei como isso se encaixa na equação."

"Sério?"

"Sério", ele diz. "Comprei pela primeira vez quando fui com minha mãe a Santa Fé. Depois virei colecionador."

Imagino Adam em uma sala cheia de vasos coloridos. Não é fácil.

"Mas, respondendo à sua pergunta", ele diz, "não fico em casa com muita frequência." Ele alonga o pescoço de um lado e do outro. "E quanto a você? Como é sua casa?"

Penso no papel de parede xadrezinho do banheiro, nos móveis de vime, na cômoda estilo anos cinquenta.

"Não sei", digo. "Tem a minha cara, acho. Normal."

Adam pigarreia. "Você não tem uma cara normal." Ele olha nos meus olhos por um momento, depois se concentra na marina. "Positano costumava ser uma vila de pescadores modesta. Mas reza a lenda que a cidade foi criada pelo próprio Poseidon, rei dos mares."

"Parece que tem um monte de lendas sobre este lugar."

Adam se inclina para a frente e gesticula com a taça de vinho na minha direção. "Muita gente acredita que Positano foi e ainda é um lugar mágico de verdade."

"Um lugar mágico", repito. "Você acredita em magia?"

O rosto de Adam chega ainda mais perto do meu. Se ele quisesse, poderia tirar a mão de cima da mesa e tocar minha bochecha. Não levaria mais que um instante, um milésimo de segundo.

"Neste momento, como poderia não acreditar?"

Catorze

Chegamos ao hotel às duas e meia. "Tem certeza de que não quer jantar hoje à noite?"

"Já disse que tenho compromisso."

"Com sua amiga, claro." Ele inclina a cabeça de lado. Suas bochechas e seu nariz estão um pouco vermelhos — um sinal de que tomamos sol demais hoje.

Estamos de pé no saguão. Não tem ninguém na recepção. O barulho dos hóspedes na piscina nos chega de lá de cima.

"O que foi?", pergunto. "Por que essa cara?"

Adam vira as palmas para cima e depois para baixo. "Nada." Ele solta o ar. "Bom, aproveite a noite. Pode ligar pro meu quarto se quiser tomar uma saideira."

Ergo a mão para fazer um tchauzinho, mas de repente Adam se inclina e beija minha bochecha. Sinto os lábios macios e quentes na minha pele. Sinto seu corpo perto do meu, bem aqui, e alguma coisa dentro de mim se oferece e se anima. Me inclino para ele.

"Obrigada pelo dia maravilhoso", Adam diz, então vai embora, seu corpo agora uma entidade separada de mim, já subindo a escada.

Fico ali, piscando.

Meu rosto continua quente onde seus lábios tocaram. Meu corpo parece ter criado raízes no piso de mármore.

"*Buonasera!*"

Dou um pulo. Quando viro, Marco está na recepção. Ele ergue o braço como se lançasse um chapéu no meio do saguão.

"Você parece perdida em pensamentos."

"É o vinho!", digo, um pouco alto demais.

"*Perfetto*", Marco diz. "Qual é a programação para a noite?"

"Vou a um restaurante fora da cidade", digo.

"Sozinha?"

Faço que não com a cabeça.

"Com o sr. Adam?"

"Não", digo, "com uma nova amiga."

Marco sorri. "Aproveite!"

Subo a escada devagar. Para começar, minhas pernas estão exaustas e sinto uma leve cãibra nos quadríceps por conta do exercício de hoje de manhã. Os degraus e os quilômetros perambulando pela cidade me transformaram em geleia. Não me movimento assim há anos.

Também estou abalada por motivos totalmente diferentes. O dia, a companhia de Adam. Sinto o impacto da clareza esmagadora de como é bom existir, ser desejada e... desconhecida. Como é bom sentir os olhares de um homem que não me viu pálida e prostrada com uma virose, ou com cólica no primeiro dia da menstruação. E melhor ainda: como é olhar para alguém cuja aparência, cuja mente e cuja história não me são familiares.

Entro no quarto e deito na cama. Deixo as pernas dependuradas para fora e apoio bem as costas. Alongo os braços acima da cabeça e deixo que caiam atrás de mim.

Em uma hora e meia vou ver Carol de novo. Ela parecerá vibrante e real. Vamos passar a noite toda juntas. Comendo e conversando. Parece impossível, no entanto...

Sei que ela vai aparecer. Não estou mais preocupada que seja tudo uma ilusão. Não sinto mais como se estivesse tendo uma alucinação prolongada. Ela vai vir. Vai aparecer aqui. Teremos esta noite.

São quatro horas em ponto quando desço. Estou usando um vestido de seda com manga bufante feito de retalhos roxos, verdes e azuis. Meu cabelo ainda molhado está preso em um coque, e estou usando os brincos que minha mãe me deu no meu aniversário de vinte e um anos — opalas envoltas por diamantes bem pequenininhos.

A decepção toma conta de mim quando vejo que Carlo está sozinho na recepção.

"*Buonasera*", ele diz. "Como está, sra. Silver?"

Olho em volta. "Bem", digo. "Você viu uma mulher por aqui?"

"Que mulher, *signora*?"

"Ela vem enviar correspondência de vez em quando. Tem cabelo castanho comprido."

Carlo dá de ombros. "Acho que não, mas olhe só pra você. Pegou sol." Ele traça um círculo com o dedo em volta do rosto.

Levo uma palma à bochecha. "Ah, sim. Um pouco."

Dou uma olhada no relógio. São quatro e cinco. *É um atraso à italiana*, lembro a mim mesma. *Ela vai vir.*

"Posso ajudar?", Carlo pergunta. "Com a mulher?"

Olho para fora do hotel. "Não, está tudo bem."

Marco aparece, saindo da salinha que fica atrás do balcão da recepção. "*Buonasera*", ele me cumprimenta. "Você está muito bonita."

Sorrio. "Obrigada, Marco."

"Precisa de alguma coisa? Está procurando por alguém? Seu americano está lá em cima."

Sinto que fico vermelha. "Ah, Adam. Não, está tudo bem. E ele não é meu americano. É só outro americano."

Marco ri. Com vontade. "Está tudo bem, *signora*. Positano é para os apaixonados."

Abro a boca para responder, então vejo um ônibus cor-de-rosa estacionando na rua.

"O que é esse ônibus? Que fofo."

"Leva ao La Tagliata", ele diz. "Ninguém sabe por que é rosa. O restaurante inteiro é verde!"

"É o restaurante que fica no topo da colina?"

Ele confirma com a cabeça. "*Sì, certo*. O ônibus vem buscar quem faz reserva."

"Boa noite pra vocês!" Saio correndo do hotel e atravesso a rua. Tem algumas pessoas reunidas no que parece ser o ponto de encontro. Entro na fila e procuro recuperar o fôlego. A porta se abre e começamos a embarcar.

"La Tagliata?", pergunto.

"*Sì, sì*."

Não sei se entro ou não. Meu coração bate acelerado, sinto minha pulsação nos ouvidos. *Cadê ela?*

"Vem ou não vem?", o homem me pergunta. Olho para o ônibus, tentando enxergar lá dentro, mas as janelas são escuras. Eu me desdobro para tentar enxergar, mas o cara se põe na minha frente e bloqueia minha visão.

"Desculpa", digo, esticando o pescoço. "Estou procurando pela minha..."

"*Sì o no?*", ele pergunta.

Olho para o hotel, do outro lado da rua. Nenhum sinal dela. "Sì", digo, e entro imediatamente no ônibus.

Assim que o faço, noto o couro rasgado dos assentos. Tem só umas sete ou oito pessoas aqui. Nos fundos, já se levantando para acenar, está Carol.

O alívio inunda minhas veias.

"Aqui, Katy!"

Vou até ela. "Oi", digo. "Não te vi no hotel e..."

Ela levanta e se lança sobre mim, envolvendo meu pescoço com os braços. Inspiro fundo. Sinto o cheiro do mar e *dela*.

"Ah, nossa, oi. Fico tão feliz que tenha vindo. Teve toda uma confusão com o transporte, eu me atrasei e sabia que eles iam passar perto de casa, aí aproveitei, mas depois não me deixaram descer!" Ela recua, mas continua segurando meus braços. "Italianos!", Carol diz, então me solta. "Essa é a minha amiga, Francesco!", ela comenta para o cara que claramente é o motorista, depois revira os olhos.

Francesco só assente de leve.

Penso no calendário colorido da minha mãe. Rosa para coisas a fazer, azul para o meu pai, verde para mim, dourado para obrigações sociais. Olho para a bagunça efervescente e explosiva que é a mulher à minha frente. É quase impossível acreditar que seja a mesma pessoa.

Ela é tão legal, penso enquanto nos sentamos. *Minha mãe é legal pra caralho.*

Carol está usando jeans rasgado e uma blusa de renda branca. Seu cabelo está preso atrás das orelhas e ela passou um brilho bem leve nos lábios.

"Você está linda", digo.

"Obrigada", ela diz, sem se preocupar em ser modesta. "Você também."

O ônibus começa a se mover. Recosto contra o couro grudento do banco.

"Esse lugar é incrível. Mal posso esperar pra você ver", ela diz. "O que já te contei a respeito?"

"Só que fica no alto", digo, apontando para fora, para a cidade que continua subindo, embora no momento estejamos descendo. Há apenas uma estrada em Positano, de mão única. É preciso descer para depois subir.

"Os donos do La Tagliata são Don Luigi e sua esposa, Mama", ela comenta. "Toda a comida vem da fazenda deles. Não tem cardápio, então a gente fica tomando vinho branco geladinho enquanto espera pelo que vão servir aquela noite." Carol vira a cabeça para mim. "Espero que esteja com fome."

Penso na maratona que foi meu café da manhã e no vinho que tomei com Adam, embora já pareça fazer dias. Sempre tenho fome. Sempre há espaço para mais.

"Muita."

O ônibus faz uma curva fechada à esquerda no hotel Eden Roc, então começamos a subir.

"Como você descobriu esse lugar?", pergunto.

"Remo me levou algum tempo depois que cheguei." Alguns fios de cabelo grudam em seu rosto, e ela os afasta. "Ele disse que quase não mudou em vinte anos. Não dá pra dizer isso de muitos lugares."

"Não dá pra dizer isso de nenhum lugar de Los Angeles", comento. O café a alguns quarteirões de casa antes era uma farmácia.

"Verdade."

"E cadê o Remo?", pergunto.

"Trabalhando", ela diz. "Mas vai ter música num lugar chamado Bella Bar hoje à noite. A gente vai se encontrar lá depois do jantar. Você tem que ir. Na verdade, nem estou te dando opção!"

Penso na minha mãe dançando a noite toda em uma casa noturna em Positano. Ela sempre adorou música, sempre adorou dançar. Mas só me lembro de vê-la dançando ao som de Frank Sinatra em casamentos e Katy Perry no bar-mitzvá de primos. Isso é uma coisa completamente diferente. "Parece ótimo", digo.

O trajeto até o restaurante leva quarenta e cinco minutos sinuosos e nauseantes. Me sinto tão mal em determinado momento que preciso parar de falar.

"Olha pra frente", Carol diz. "Pro horizonte. Vai ajudar." Ela leva uma mão fria ao meio das minhas costas e a mantém ali.

Quando paramos no restaurante, parece que horas se passaram. Saio cambaleando. Ao lado da estrada tem uma placa redonda com FATTORIA LA TAGLIATA pintado. Passamos por uma arcada e descemos um lance de escada. Estamos cercados por jardins, flores e o cheiro doce do verão que se aproxima.

O restaurante não é muito diferente de uma casa na árvore. Mas esta casa na árvore, como a maior parte de Positano, tem uma vista arrebatadora do mar. Como estamos bem no alto, dá para ver tudo até Capri. Ainda é cedo, faltam horas para o sol se pôr.

"Uau", digo.

Carol sorri. "Né? Bem especial."

Somos recebidas na porta por um homem escandaloso. "*Buonasera!*" Ele dá um beijo em cada bochecha de Carol primeiro, depois faz o mesmo comigo. "Bem-vindas, bem-vindas! Vão jantar conosco esta noite! Entrem!"

Somos conduzidas a uma mesa, enquanto ele continua

recebendo os clientes saídos do ônibus conforme chegam. Deve haver umas quatro pessoas, não mais, já sentadas no pequeno salão.

Fico sabendo por Carol que há dois horários para o jantar: às cinco e às oito. Como ela disse antes, não há cardápio, e o vinho corre solto.

"Nem parece real", digo. "Nunca vi nada igual, de verdade."

Nossa mesa fica no canto do salão, ao lado do que deveria ser uma janela, mas é um espaço aberto, limitado por um parapeito de madeira no qual consigo apoiar o cotovelo quando me sento. Tem cortinas de linho branco recolhidas a dois mastros de madeira, um de cada lado do salão. Tudo é leve e aberto. Parece que estamos jantando no céu — e estamos mesmo.

Olho para ela, minha mãe. É uma mulher magra, sempre foi, mas seus traços são um pouco mais redondos, algo que se perdeu nos anos posteriores. Ou isso ou agora sou incapaz de visualizá-la saudável. Fecho os olhos e volto a abri-los.

"Me fala mais da Califórnia", peço a ela.

Minha mãe nasceu e foi criada em Boston. Sei que se mudou para a Califórnia cinco anos antes de conhecer meu pai. Sei que trabalhava em uma galeria de arte em Silver Lake chamada Silver Whale. Ela falava sobre essa época com um desapego caprichoso. Eu tinha sorte. Minha mãe não ansiava por sua juventude. Pelo menos era o que eu achava. Ela aceitou o envelhecimento. Lembro de ter notado em um dia particularmente quente de julho que ela não usava mais camisetas. Quando perguntei a respeito, minha mãe me disse que já fazia anos. Ela riu — não parecia apegada a uma versão mais jovem de si mesma, a um corpo mais jovem. Minha mãe nunca estava no foco do drama na minha vida, que costumava estar relacionado a amigos, Eric ou incertezas no trabalho. Ela parecia amar o estágio da vida em que se encontrava — um ponto além das dúvidas. Em um lugar sólido.

Mas aqui, agora, plantada com firmeza no Antes, quero saber como é sua vida. Quero saber o que a trouxe aqui, para onde ela acredita estar indo.

Carol pisca para mim, como se não estivesse certa do que acabei de perguntar. "Califórnia?"

"E o trabalho na galeria."

O reconhecimento se espalha por seu rosto. "Ah, sim. Sou só assistente. Nada de especial. Eu te falei da galeria?", ela pergunta.

Confirmo depressa com a cabeça. "Quando estávamos falando sobre a redecoração do hotel você disse que trabalha em uma galeria de arte."

De repente, o rosto dela se ilumina. "O Sirenuse. Sim! Isso seria... Bom, não vai acontecer, sei disso. É impossível. Acho que só aceitaram receber minha proposta porque tem alguém na gerência que conhece a família de Remo. É um favor. Mas consigo visualizar tudo."

Adoro vê-la tão animada, tão envolvida. "Me conta."

O garçom se aproxima e deixa uma garrafa de vinho tinto e uma garrafa de vinho branco gelado na nossa mesa. Carol nos serve um pouco de cada.

"Você já entrou?", ela pergunta.

"No Sirenuse?"

Carol faz que sim com a cabeça.

"Não, nunca."

Seus olhos se arregalam. "É um ícone de Positano. Certamente o hotel mais famoso daqui, talvez até de toda a costa. Todo mundo tem que entrar, pelo menos uma vez. Sua viagem não estaria completa de outra maneira."

Abro um sorriso encorajador. Essa é a Carol com quem estou acostumada. Minha mãe sempre sabia, com base em fortes preferências pessoais, o que todo mundo deveria amar, o que era bonito, o que era valioso. Simplesmente sabia.

O Beverly Hills Hotel era péssimo, mas o Bel-Air era uma preciosidade. Toda roupa de cama tinha que ser branca. Tecidos floridos podiam ser usados tanto ao ar livre quanto em ambientes fechados. Birkenstocks eram para caminhadas, não para usar na praia ou no almoço. Guarda-roupas deviam ser arrumados por cor. E não só se podia como se devia tomar vinho tinto o ano todo.

"O saguão é um espaço lindo, bem amplo, mas está entulhado de coisas. Tem umas namoradeiras que parecem roubadas de Versalhes, e um cavalo de madeira na parede. Um cavalo de madeira!" Ela revira os olhos. "Estou pensando num saguão bem bonito, em azul e branco, que termina no terraço. Mediterrâneo, clean, com muito azulejo e diferentes texturas, branco, amarelo, azul, complementando as cores do mar."

Carol olha para a água, perdida em pensamentos.

"Vai ter tudo isso na sua proposta?"

Ela faz que sim. "Vão nos receber em uma semana. É tudo bem antiquado. Vou me reunir com os proprietários e mostrar meus esboços. É um negócio familiar. Há décadas. A maior parte dos lugares aqui é. Na Itália em geral, acho."

"Não sei nada sobre decoração", digo. "Mas parece lindo."

Nunca tive o olhar estético da minha mãe. Ela escolhia a maior parte das minhas roupas, escolheu a maior parte dos meus móveis, decorou minha casa. Tinha um gosto melhor que o meu, tinha visto mais coisas, tinha mais experiência e muito mais paciência para o jogo de tentativa e erro que envolve transformar um espaço. Sabia ler um cômodo, entendia de relação espacial. Compreendia que, independente da largura de uma cômoda, sempre se devia considerar uns quinze centímetros a mais para que o lugar não parecesse apertado. Ela sabia o que cairia bem em mim e o que não cairia. Sabia organizar a cozinha de modo que todos os utensílios estivessem exatamente onde mais seriam necessários. Os copos ficavam à direita da pia, nunca à esquerda, porque todos na nossa família eram destros. Os talheres ficavam embaixo dos pratos. As canecas ficavam ao lado da máquina de café.

Penso nas história que ouvi de meus pais sobre o início de seu casamento. Meu pai abriu a empresa e minha mãe o ajudava na parte administrativa, fazendo a contabilidade.

"Ela mantinha todo mundo na linha", meu pai costumava dizer. "Era a vida do meu negócio."

"Do *nosso* negócio", minha mãe o lembrava, com um sorriso assertivo.

"E é", Carol diz. "É um hotel lindo."

"Você disse que ficou lá com seus pais."

Ela faz que sim. "O lugar tem um significado especial pra mim, sabe?"

De repente, lembro que minha mãe perdeu a mãe, minha avó, quando tinha apenas doze anos. Não ter conhecido Belle sempre me chateou. Ela se foi muito antes que eu chegasse. Como deve ter sido para minha mãe conhecer meu pai sem ela por perto? Casar sem a presença dela? Se tornar mãe sem ela? Meu avô voltou a casar logo depois. Como deve ter sido para minha mãe vê-la substituída?

"Eu entendo", digo. "E como."

Ela sorri. "Eu te levo lá. Você vai adorar."

O primeiro prato chega. Tem tomate picado e pimentão marinados no azeite, além do queijo mais fresco que já vi. Ele escorre pela travessa, como se fosse sangue. Uma cesta de pães quentinhos é deixada ao lado do vinho.

Carol esfrega uma mão na outra. "Hum...", ela faz. "Me dá seu prato. Você já comeu burrata?"

Passo meu prato a ela, que me serve um pouco de tudo. Assim que me devolve, chega uma tigela com folhas verdes temperadas com o que parece ser molho de mostarda.

"Que maravilha."

"Espera só", Carol diz. "Isso ainda não é nem a entrada."

Espeto um pedaço de tomate. É perfeito. Doce e salgado, e acho que nem está temperado. O queijo é sublime.

"Minha nossa."

Carol concorda com a cabeça. "É muito bom", ela diz.

"Você tinha razão."

Ela me dá uma piscadela que me faz congelar a mão no meio do movimento. Minha mãe dá essa piscadela desde sempre. Como uma maneira de reconhecer, sem dizer nada: *Sei que estou certa. Fico feliz que tenha se convencido disso.*

"Meu pai adorava comida", Carol diz. "Tanto cozinhar quanto comer. Fazia até bolo, uma coisa inédita para os homens de sua geração. E a melhor bolachinha recheada que já comi. Sempre que meus amigos iam em casa, imploravam que ele fizesse." Ela dá risada.

"Você puxou a ele", digo.

Ela sorri. "Acho que sim."

Recebemos um prato depois do outro. Macarrão ao pesto, peixe branco grelhado, paleta de porco assada, lasanha de ricota fresca com folhas de manjericão do tamanho de uma couve. Tudo sublime. Quando chegamos ao segundo prato de macarrão — com manteiga e tomilho —, já sinto que meu estômago vai explodir.

"Esta comida vai me matar", digo a Carol.

"Eu sei", ela diz. "Mas seria uma bela maneira de morrer." Ela faz uma pausa, então volta a encher nossos copos. "Nunca te perguntei com que você trabalha."

"Sou redatora", digo. "Ou era."

Sempre me perguntavam se eu não queria ser escritora "de verdade". Sinceramente, não. Parecia o tipo de coisa que os outros faziam. Romancistas, poetas, roteiristas. Mesmo numa cidade cheia deles, para mim ainda era o destino de outra pessoa.

Eu ajudava outras pessoas a escreverem. Pegava o negócio delas, o blog delas, e transformava em uma narrativa. Pegava suas palavras e as rearranjava de maneira a contar uma história. A história delas.

"Eu gosto", digo. "Me agrada ajudar os outros de alguma forma a passar sua mensagem."

Carol me ouve com paciência e interesse. "Entendo. É meio parecido com decoração."

"Para ser sincera, não tenho certeza de que sei o que quero fazer a longo prazo. Vendo você falar sobre decoração, a maneira como se sente a respeito, sua visão... Não sei bem se tenho isso."

"Uma paixão?"

Faço que sim com a cabeça.

Carol pensa a respeito. "Nem todo mundo tem. Nem todo mundo precisa ter. Do que você gosta?"

Penso nas tardes de sábado passadas montando vasos de flores, colhendo tomates no jardim, em longos almoços. "De família", digo.

Carol sorri. "Que resposta maravilhosa."

"Tirei uma licença uns dois meses atrás", digo a ela. "Do trabalho. Não sei se vou voltar. Ou se vão me deixar."

"Como assim?", Carol pergunta. "Por que a licença?"

Olho para o meu vinho. Sou incapaz de calcular quantas taças já tomei nas últimas duas horas. Estou falando demais.

"Perdi alguém que eu amo", digo a ela. "E, depois que ela se foi, me vi incapaz de manter minha vida tal qual era." Ergo os olhos para encará-la.

Carol me observa por um longo momento, depois vira a cabeça para olhar para a água. O céu está escurecendo. A névoa familiar de luz dourada e quente deixa a cidade de uma cor que só a Itália conhece.

"Entendo", Carol diz. "A vida nem sempre corre como a gente imagina, né? Entendo", ela repete.

"Como sua mãe era?", pergunto.

Carol olha para mim. "Maravilhosa", ela diz. "Cheia de vida. Tinha opinião sobre tudo e podia beber mais que qualquer homem. É o que meu pai diz. Faz tanto tempo que ela se foi que às vezes sinto dificuldade de lembrar dela. Eu tinha só doze anos."

"Sinto muito."

"Obrigada." Ela me olha por um longo momento. O tempo parece pairar. Quero fazer mais perguntas a ela, sobre o que fez, como superou, quero contribuir com minha própria dor, mas, em vez disso, o que sai é:

"Sou casada."

Carol pisca com força.

"Ou era. Sou? Essa é a questão. O nome dele é Eric. Eu disse que viria pra Itália e não tinha certeza se voltaria pra ele."

Os olhos de Carol estão arregalados. "Uau", ela diz, e só. Não fala mais nada. Por isso, eu prossigo.

"A gente se casou muito jovem", digo. "Ele foi meu primeiro namorado de verdade, e o único. Nos últimos tempos...

não sei. Estou começando a achar que aconteceu simplesmente porque ele estava lá, não foi baseado em mais nada. É como se eu não tivesse escolhido. Eu o amava. Ainda amo. Nem sei o que estou dizendo, ou o que estou sentindo, só que cheguei a um ponto em que as coisas não podiam continuar como antes, e tive que..."

"Katy." Ela expira e inspira, com as mãos quentes nos meus ombros, tentando fazê-los relaxar. "Você tem que *respirar*."

Meu peito hesita, então sigo o exemplo dela. Solto todo o ar que estava segurando nos pulmões. É um alívio. Inspiro o ar marinho italiano, doce e salgado.

"Isso", ela diz, então recolhe as mãos. "Às vezes você precisa de um tempo pra descobrir como se sente em relação a alguma coisa. É difícil saber ou ver o que é uma coisa quando ela está bem ali, à sua frente, em detalhes vívidos e duros." Carol sustenta a palma a milímetros do rosto, depois a solta. "E quando se trata de amor... Quem é que sabe alguma coisa a respeito?"

Eric sempre me dizia que tinha o casamento dos meus pais como exemplo, que era o que aspirava para nós um dia. "Os dois se amam", ele dizia. "Fica claro que sua mãe irrita seu pai, mas ele daria a vida por ela. E ele não ouve metade das coisas que ela diz, mas os dois concordam em tudo o que é importante. No fim das contas, *é óbvio que ficaram juntos*."

Minha mãe era uma esposa melhor do que eu sou. Era melhor em tudo, e como esposa ainda mais.

"Você já ouviu a expressão 'o que te trouxe até aqui não vai te levar até lá'?"

Carol nunca disse isso. Pelo menos não na minha frente.

"O que significa?", pergunto.

"Que as mesmas circunstâncias, crenças e ações que te

levaram a um momento não vão te levar ao seguinte. Que, se você quer um resultado diferente, precisa se comportar de maneira diferente. Que é preciso continuar evoluindo."

Don Luigi toca um sino, e o susto me traz de volta a este momento, a este restaurante, a este lugar e a esta hora.

"*Buonasera*. Espero que estejam gostando do La Tagliata. Damos as boas-vindas a vocês e esperamos que fiquemos juntos por muito tempo!"

Todos erguem as taças de vinho em um brinde alegre e celebrativo.

Carol inclina sua taça para mim e fazemos tim-tim. "Que fiquemos juntas por muito tempo", ela diz.

Amém.

Quinze

Chegamos ao Bella Bar um pouco depois das nove. O trajeto de volta do La Tagliata pareceu levar um terço do tempo que a ida — provavelmente porque estávamos com a barriga cheia e meio altinhas do vinho. Todo mundo no ônibus cantou "That's Amore" enquanto descíamos até o nível do mar.

When the world seems to shine like you've had too much wine...

O Bella Bar é pequeno e fica do outro lado da rua em frente ao lugar onde Adam e eu tomamos vinho... hoje? Parece que faz um mês.

Carol pega minha mão e entramos. Remo está imerso em uma discussão animada com o cara do bar. Eles viram uma bebida cor de laranja brilhante, dando risada.

"*Sì, sì, certo*", Remo diz, então gesticula para o cara e vira para nos cumprimentar. "*Buonasera*, Carol, Katy." Ele dá um beijo em cada bochecha minha e dela. Está cheirando a cigarro e laranja.

"Oi", digo. "*Ciao.*"

"*Vuoi da bere?*" Remo aponta o polegar para a boca, depois dá um tapa na testa. "Querem uma bebida?"

"Vodca com gelo e limão", Carol diz. Ela balança um pouco o corpo. A manga da blusa escorrega por um ombro, e Remo nota.

"Uma taça de vinho branco", digo, então Remo volta a se virar para o cara do bar.

Ao meu lado, Carol começa a se mover ao ritmo da música, livre e solta. Nós duas estamos cheias de vinho. Ela ergue as mãos e joga a cabeça para trás, sacodindo o cabelo. Eu fico olhando, paralisada. Remo também. Ele toca o ombro dela, e eu desvio o rosto.

Parte de mim quer levá-la para casa, para impedir que este homem que não é meu pai sequer olhe para ela. Parte de mim quer puxá-la de lado e contar o que acontece a seguir. Contar que ela vai conhecer meu pai. Que vai se casar. Que vai me ter. Que vai ser uma esposa e uma mãe maravilhosa, que este momento de sua vida é passageiro, está quase terminando. Que esta é sua chance, enquanto é desimpedida, de ser jovem, livre e ousada. De ter um caso com um italiano bonitão, porque ela está em um dos lugares mais românticos do mundo, e isso por si só deveria ser motivo o bastante.

Eric e eu nunca fomos de festa. Nem na faculdade, nem depois em Nova York. Enquanto alguns amigos iam se encontrar no Meatpacking District nas noites de sexta, recebíamos outros para jogar alguma coisa ou tomar um vinho em casa. Por um tempo, moramos na Bleecker Street, em cima de uma loja que fechou logo depois, e uma vez conseguimos ficar com a chave do lugar, enquanto ninguém alugava. Demos uma festa ali, com mesas dobráveis e pizza da Rubirosa. Quem passava pela vitrine achava que era uma instalação de arte.

Mas tive muito pouco disso — desse tipo de diversão, desse tipo de entrega. Agora, os dez anos brincando de ser adulta mostram suas garras, todos os anos em que não me embebedei na pista de dança se fazem presentes aqui, esta noite.

Ergo o cabelo do pescoço e o prendo em um coque com o elástico que tenho no pulso. Sinto as gotas de suor escorrerem pelas minhas costas. Não tem ar-condicionado aqui, e o número de pessoas não para de aumentar. O lugar está praticamente lotado.

Remo nos passa nossas bebidas. A taça de vinho chega suada também. Sinto o frescor e a umidade nas mãos e a levo à bochecha por um momento, depois começo a beber.

"Tem água?", pergunto a Remo.

Ele aponta para o fim do bar, onde há uma jarra com alguns copos. Vou até lá e bebo três copos. A água está fria e refrescante. É como se eu tivesse tomado uma chuveirada. Levo um copo cheio para Carol.

"Ah! Água, obrigada!" Carol bebe tudo. "Eu estava contando a Remo do jantar."

Aponto para minha barriga cheia. "Que delícia!"

Remo dá risada. "Comida é pra comer", ele diz. "E música é pra dançar."

Ele pega a mão de Carol e a conduz ao meio do salão, passando pela multidão. Tem alguns casais agarrados. Dois garotos que não devem ter mais de dezoito sacodem os ombros ao som da música. Remo gira Carol e a solta, deixando-a dançar sozinha.

Começa a tocar uma regravação de um sucesso pop dos anos oitenta. O barulho aumenta. Fico olhando para Carol, se movendo no ritmo, de olhos fechados.

Abro caminho até ela. Pego sua mão. Começo a seguir o mesmo ritmo, sem soltar seus dedos. Balançamos, pulamos e dançamos juntas. A sensação é de que somos as duas únicas pessoas na pista. De que somos as duas únicas pessoas no mundo. Duas jovens se divertindo como nunca na costa italiana.

Pela primeira vez desde que ela morreu — e talvez muito antes disso —, me sinto totalmente livre. Não sinto o peso de qualquer decisão que tenha tomado ou do que está por vir. Estou totalmente aqui. Toda suada, bêbada, presente.

"Remo está louco por você!", grito depois que ele vai pegar mais bebida para nós e Carol põe uma nota amassada em sua mão, dizendo "faço questão".

"Não está nada", ela nega. "Eu te disse que somos apenas amigos."

"Pode confiar em mim", insisto. "Ele está. E como não estaria?"

Carol balança a cabeça. "Você está bêbada."

"Talvez", digo. "Mas por que não? Ele é muito gato." Olho para Remo no bar, que joga a cabeça para trás e ri. "Você não vai ficar aqui pra sempre."

Carol olha para mim com uma severidade que um momento antes não estava aqui. De repente, me pego tentando ficar sóbria. "Não posso fazer isso", ela diz.

"Tudo bem", eu digo. "É só que ele é bonito, e você está aqui."

Ela enfia a mão na bolsa e tira um maço de cigarro. Pega um, acende e dá um trago. Tudo acontece em uma fração de segundo. Tão rápido que mal consigo processar. Minha mãe está aqui, na Itália, *fumando*.

"Quer um?", ela pergunta, soltando uma nuvem de fumaça.

"Não", digo.

Ela dá de ombros e volta a fumar, então noto que está de olho em Remo. "Acho que você devia aproveitar."

"Eu não fumo."

Carol revira os olhos. "Estou falando de Remo. Se alguém devia dormir com ele é você."

"Ele não faz meu tipo", digo depressa.

Ela parece achar graça. "Você está brincando, né?"

"Não estou, não", digo.

"Então quem faz?"

De repente, Adam me vem à cabeça. Com a roupa que estava usando hoje. Camiseta cinza e short. Depois, sem nada.

"Você ficou vermelha", Carol diz.

"Como sabe? Está escuro e quente pra caramba aqui."

Carol sorri. "Tá", ela diz. "Mas então também posso ter meus segredos."

Dezesseis

Quando chego ao hotel, já passa da meia-noite. Carol me acompanha até a porta, agarrada a mim. Estamos ambas bêbadas, eu tão suada que é como se tivesse acabado de sair da piscina. A subida de volta da cidade — além das... doses de vodca? Tequila? As duas coisas? — faz com que eu sinta que sou puro álcool por dentro. Parece que faz dias que não durmo. Anos até.

"A gente se vê amanhã!", Carol diz. "Ou hoje!"

Ela me gira no lugar uma vez, depois vai embora.

"Boa noite", eu grito.

Subo os degraus aos tropeços. A recepção está vazia, nem as garrafas de água estão lá. Sinto que estou desidratando a cada milésimo de segundo.

Cambaleio até o terraço e dou a volta na piscina. A janela do bar está aberta, mas não tem ninguém ali. Dou uma espiada e encontro alguns pacotes de garrafas de água debaixo da pia.

Não é uma janela muito grande, mas certamente consigo passar por ela. Debruço o corpo e me inclino, estendendo o braço, então...

"O que você está fazendo?"

Eu me recolho em um pulo. Adam está a uns três passos de mim.

"Afe, você me assustou."

"Desculpa", ele diz. "Mas isso não responde minha pergunta."

"Preciso de uma garrafa de água", digo, apontando para dentro do bar.

A expressão, que até agora era de curiosidade, passa a ser de diversão. "Você está bêbada?"

"Não!", digo. Dou uma baforada e sinto gosto de vodca. "Mais ou menos. Com certeza."

"Rá! Vai pra lá que eu pego a água pra você, Mulher-Aranha."

Fico esperando que Adam pegue distância, corra e pule no balcão, depois use o balanço do corpo para se impulsionar, mas ele simplesmente abre uma porta de correr. Pouco depois, eu o vejo pela janela, pegando algumas garrafas debaixo da pia.

"Não pensei nisso", digo.

"Eu sei."

Ele volta com quatro garrafas. Abro uma e bebo em quatro goladas.

"Não quer mais uma?", ele pergunta.

"Acho que quero, sim", eu digo, e viro outra.

Em seguida, concentro minha atenção nele. Está usando uma camisa de linho azul e calça jeans, como Jude Law em *O talentoso sr. Ripley*. Está muito bonito. Admito isso. Lindo, até.

"Tudo bem aí?", Adam pergunta, sorrindo. Percebo que ainda não tirei os olhos dele.

"Tudo", digo. "Só preciso de um ar."

Ele abre bem os braços. "Você tem o céu todo bem aqui. Vem."

Adam me oferece uma mão, e eu aceito. Ele nos conduz até duas espreguiçadeiras lado a lado. Eu sento em uma, depois me estico. Deixo meu corpo afundar nela e o sinto pesado, como se estivesse em uma banheira quente.

"Obrigada", digo. Mesmo aqui, longe das luzes lá de dentro, consigo ver Adam surpreendentemente bem. É como se sempre fosse noite de lua cheia, nunca minguante.

"Você está me fazendo achar que tem alguma coisa no meu rosto", ele diz. Então olha para mim, depois para o céu.

Percebo que continuo encarando Adam, mas não tenho certeza de que posso fazer alguma coisa a respeito. Como meu corpo, meus olhos parecem tão pesados que sou incapaz de movê-los.

"Oi", digo.

Ele vira a cabeça para mim. "Oi."

"Vi minha mãe hoje à noite", digo.

A expressão dele não se altera. "Ah, é?"

"É. Ela está aqui. Ela... está aqui."

"Onde?"

"É difícil explicar."

"Sei", Adam diz. "Quer tentar?"

Faço que não com a cabeça. "O importante é: eu a encontrei."

Adam assente. "Entendi", ele diz. "Você ainda está processando tudo."

"Não, de verdade..." Enfio uma mão debaixo da cabeça. "Não importa. Mas tudo está ficando um pouco confuso. Como se fosse difícil lembrar."

"Lembrar o quê?"

"Não sei", digo. "O que é verdade?"

"Entendi."

Adam põe uma mão no meu ombro. Então as pontas dos dedos deslizam até meu cotovelo. Posso sentir. Em todo o meu corpo.

"Tipo isso", eu digo. "Isso também deixa as coisas confusas."

Ele assente, parecendo refletir a respeito. De repente, está bem perto de mim. Nossas espreguiçadeiras estavam assim próximas? É como se Adam fosse uma coisa distinta, como se eu visse todos os seus detalhes, todas as suas partes, individuais, específicas, e de repente ele estivesse bem aqui, indistinguível. Um borrão de cheiros, pele e pulso.

"Quero beijar você", Adam diz, e isso reverbera na minha caixa torácica. "Mas não vou fazer isso a menos que me diga que tudo bem. Sei que você está num momento esquisito. Também sei que estamos aqui, sob uma lua cheia enorme, e que seus lábios me lembram uma melancia. Das boas. Como a do café da manhã."

Onde quer que estejamos, as palavras não me acompanham. Só consigo encontrar uma:

"Tá."

Fico confusa com o fato de que ainda parece haver espaço entre nós. A sensação é de que ele já estava em toda parte. A impossibilidade disso, de tudo isso, me entretém. De Carol e Remo, de Adam a milímetros dos meus lábios.

Ele toca meu peito, logo abaixo da clavícula. Tira a mão do meu braço e a espalma ali, um pouco acima de onde meu coração bate. Então me beija. Ele me beija como se já tivesse feito isso inúmeras vezes. É um beijo profissional. Terno e delicado, com uma urgência latejante bem ali, abaixo da superfície. Eu sento, e quando vejo estou na espreguiçadeira dele, no colo dele, e minhas mãos estão em toda parte.

Adam pressiona as palmas contra minhas costas e massageia meus músculos.

Meu sangue pulsa ao ritmo de *mais mais mais*.

Sinto suas mãos subirem para minha nuca. Sem pensar,

passo os dedos pelo cabelo dele. Parece veludo. Impossivelmente macio.

Suas mãos sobem mais, chegando ao meu rosto, então Adam me pega e me puxa para mais perto de si, tanto que meu peito pressiona o dele e seus lábios ficam colados no meu pescoço. Jogo a cabeça para trás, e Adam a segura. Ele beija atrás da minha orelha, desce pelo pescoço, pressiona os lábios na depressão da clavícula. Arfo. Então, em um lampejo, o rosto de Eric surge diante dos meus olhos fechados.

Eu me afasto.

"Que foi?", Adam pergunta, respirando forte. "Está tudo bem?"

Volto a sentar. Passo as mãos pelo rosto. "Eu não deveria estar fazendo isso."

"É..." Adam solta o ar devagar pela boca. "Verdade."

Ficamos sentados, sem nos falar, até nossa respiração se tranquilizar.

"Mas tenho que dizer que foi um beijo incrível", Adam solta.

Toco o lábio inferior com o dedão. "Essa não sou eu."

Ele apoia os dois pés no chão e ficamos frente a frente, cada um sentado em sua espreguiçadeira. "É, sim", ele diz. "Essa é você."

Eu me concentro em ficar parada com uma intensidade que parece quase cartunesca. Tenho medo do que pode acontecer caso me mova.

Adam inspira fundo ao meu lado, depois levanta. "Olha, a gente vai se ver no café amanhã. Não tem nenhum motivo pra constrangimento nem nada do tipo. Somos dois adultos. Estamos na Itália. Essas coisas acontecem."

Olho no rosto dele. Sob a lua, seus olhos parecem pretos. "Verdade."

"E, Katy..."

"Hum?"

"Se ele te deixou vir sozinha, é um idiota."

Levo uma mão à testa. "Ele não teve escolha", digo.

"Até parece", Adam diz, e vai embora.

Dezessete

Fico dormindo e acordando, com os ciclos de sono REM pontuados por imagens do corpo de Adam junto ao meu, sentindo o efeito de todo o álcool. Quando o sol nasce na manhã seguinte, ligo para Eric do telefone do quarto. Tenho um café ao meu lado e o roupão do hotel envolvendo meu corpo. Pela primeira vez desde que cheguei a Positano, sinto um friozinho no ar.

São seis da manhã aqui, o que significa que são nove da noite em Los Angeles. Enquanto o telefone toca, penso em Eric se preparando para dormir, levando um copo de água para o banheiro, cuspindo a pasta de dente na pia. Ou será que ele está lá embaixo, com uma cerveja, assistindo a um esporte que não costuma acompanhar na televisão?

O telefone toca uma, duas, três vezes, mas ninguém atende. Nem a secretária eletrônica. Isso costuma acontecer quando a memória está cheia ou o telefone fica fora do gancho. Engulo em seco. Será que ele tem ido trabalhar, tem falado com a família, tem visto meu pai? Ou na minha ausência decidiu que eu estava certa? Será que na verdade ele não está esperando que eu volte, que eu me decida? Será que também quer terminar?

Duas semanas depois de nos mudarmos para a casa em

Culver City, Eric teve que viajar a trabalho. Normalmente, eu passaria a semana na casa dos meus pais, mas precisava terminar um trabalho importante cuja entrega estava próxima, e decidi ficar.

"Tem certeza de que vai ficar bem sozinha?", minha mãe perguntou.

"Tenho vinte e sete anos", eu disse. "É claro que posso passar a noite sozinha na minha própria casa."

"Mas não precisa", minha mãe disse.

Eu devia ficar sozinha quando era pequena — afinal, era filha única —, mas não consigo me lembrar. Ela estava sempre ali. Era minha mãe, minha amiga e minha irmã, tudo junto.

Na primeira noite sem Eric, liguei o alarme da casa e tranquei a porta do quarto. Na noite seguinte, nem lembrei de fazer isso. Na terceira noite, peguei no sono vendo um filme no sofá, com as janelas escancaradas.

"Você ficou a semana toda sozinha?", Eric perguntou quando voltou. Tinha largado a mala na porta. Ele parecia incrédulo. Acho que não havia acreditado em mim quando falamos ao telefone.

"Fiquei."

Eric me deu um beijo, depois me deitou no sofá, onde eu tinha improvisado uma cama.

Fizemos sexo ali embaixo, no chão da sala, uma coisa inédita para nós. Lembro que me senti sexy, independente. Sentira falta de ter todo aquele tempo para mim mesma — ou melhor, nunca tivera. E gostei. Quando recordava aquela semana, era sempre como uma das melhores da minha vida. Eu não sabia o que aquilo dizia sobre meu casamento. Se era a ausência de Eric ou sua volta que fazia com que eu me sentisse assim.

Quando desço para tomar café, com a maior ressaca, Adam não está no terraço, e tampouco quando termino (depois de uma torrada, uma fruta e um café bem forte). Aceno para Marco e Nika, que parecem estar imersos em uma discussão acalorada. De acordo com o roteiro que ficou no quarto, hoje era dia de ir para Capri, mas o que quero mesmo é encontrar Carol. Da última vez que a vi, ela estava voltando para sua *pensione*, dançando na rua. Vou atrás dela agora mesmo.

Subo a escada na saída do hotel e chego ao patamar onde nos separamos na outra manhã. Ainda há uma névoa sobre a cidade. Estou me sentindo bem só de camiseta, mas acabei de subir cinquenta degraus.

Olho em volta, tentando decidir por onde começar minha busca. De repente percebo de que meu plano é ridículo. Não sei o nome da rua da *pensione* em que minha mãe ficou. Tudo o que sei é que ficava perto do Poseidon. O hotel é minha única referência. Não tenho ideia de onde ela está agora, ou de onde começar a procurar.

Encontro um banco de pedra em uma pracinha e vou sentar lá. Fico vendo um casal mais velho tomar café na varanda. Dois homens passam, usando short de lycra e regata.

Espero. Tenho certeza de que, se ficar aqui, ela vai aparecer, como aconteceu antes. Como aconteceu ontem de manhã. Tenho certeza de que ela vai aparecer no meio da praça e na minha vida de novo. Então dez minutos se passam, depois quinze, depois trinta, e não a vejo.

Os barcos balançam na água, tranquilos. Penso na noite de ontem com Adam. A lembrança parece pertencer a outra pessoa. Não tem como ter sido eu, dançando no bar. Não pode ter sido eu, agarrando um desconhecido ao lado da piscina. Pode?

Carol e Chuck Silver adoravam o Halloween. Ou talvez minha mãe adorasse, e meu pai só fosse na onda dela. Eles mergulhavam de cabeça na coisa. Decoravam a casa, montavam uma trilha assombrada até a porta da frente, tinham um capacho assustador ativado por vozes, colocavam decalques na janela — o pacote completo. As fantasias deles eram sempre incríveis também. Minha mãe e Rhonda (que trabalhava como costureira para o meu pai) começavam a planejar em agosto. Eram sempre fantasias clássicas, nunca atuais. Carol Silver não via muita televisão. Meus pais se vestiam de conde Drácula e condessa, *O Mágico de Oz* trágico e Anne Sangrenta de Green Gables (meu tema preferido). Minha mãe adorava entregar doces às crianças do bairro.

Eric e eu tentamos fazer alguma coisa parecida em casa nos últimos anos, mas parecia meio inútil. Minha mãe fazia aquilo melhor e podíamos muito bem ir para lá. Por isso íamos. Ela era capaz de transformar a casa e a si mesma como ninguém mais no bairro.

Depois de quarenta e cinco minutos, concluo que Carol não vai aparecer e que é hora de voltar. Desço os degraus devagar, parando algumas vezes para ver a vista de diferentes pontos.

Tem barcos saindo para Capri de hora em hora. Talvez eu vá para lá. Estou pensando no que precisaria para fazer esse plano acontecer quando me deparo com Nika andando de um lado para o outro na frente do hotel.

"Oi", eu digo. "Está tudo bem?"

"É o Marco", ela diz. "Ele é um idiota."

"O que aconteceu?"

"Ele é muito teimoso. *Tutto questo è così frustrante.*"

"Vem", eu digo. "Vamos entrar."

Subo os degraus com Nika, entramos no saguão e vamos nos sentar a um banco meio escondido.

"Agora me diz o que está acontecendo", peço, assim que nos acomodamos.

"Ele não ouve. Sabe o Adam, seu amigo?"

Sinto o estômago embrulhar. A noite de ontem. As mãos dele no meu pescoço, nas minhas costas e...

"O que tem ele?"

"Adam fez uma oferta, e Marco não quer aceitar."

"Pelo hotel", digo. Claro. "Marco não quer vender."

"Ele não entende!" Nika joga as mãos para o alto. "Precisamos do dinheiro. A temporada do ano passado foi complicada, e o hotel precisa de dinheiro. Não achei que ele estivesse falando sério, mas a oferta é real. Muito real."

"Não é fácil vender", digo. "Seria entregar uma parte da história de vocês. Entendo que sua família não queira fazer isso."

Nika balança a cabeça. "De que serve a história se não conseguirmos sobreviver?"

Não digo nada. Ela volta a falar: "Não temos dinheiro para a manutenção. Se o hotel decair, os hóspedes não vão voltar. Tanto faz o hotel ser nosso se não mantivermos as portas abertas. São as pessoas que fazem a história desse hotel, os clientes que voltam todos os anos, os funcionários que estão conosco há décadas. Não importa quem é dono deste lugar se ele fechar. Não importa a história se não estivermos mais abertos".

"Eu não sabia que era tão sério", digo. "Não sabia da situação financeira do hotel."

"Marco não quer admitir. Ele acha que, por algum milagre, o dinheiro vai entrar. Não entende que esse é o milagre, que era por isso que estávamos esperando. Você conhece a história de Deus e o homem no telhado?"

"Não", admito. Nunca fomos uma família particularmente religiosa ou tradicional. Frequentei a escola judaica, mas depois passei para a secular. Íamos ao templo nas Grandes Festas, mas raramente fora disso. Minha mãe gostava do sabá, mas só acendíamos velas na metade das vezes. "A religião está na família", meu pai costumava dizer.

Nika solta o ar. "Um homem vai pro telhado porque tem um furacão e a casa dele está inundando. É muito sério, o nível da água não para de subir. Ele pede e pede pela ajuda de Deus. 'Por favor, não deixe que eu me afogue! Por favor, me salve!'

"Então passa um homem numa jangada e oferece ajuda. 'Essa jangada é grande o bastante para nós dois!', ele diz. O homem no telhado agradece, mas diz que confia em Deus. 'Ele está vindo', diz. 'Deus vai me salvar. Tenho fé.'

"Então chega uma mulher remando, e o mesmo acontece. 'Posso ajudar, *signore*?', ela pergunta. 'Entre no barco e vamos juntos para um lugar seguro.' De novo, ele se recusa. 'Deus está vindo. Tenho fé.'

"Por último, vem um helicóptero. O piloto grita: 'Vou descer com uma corda. Agarre a corda e vamos te salvar'. A água fica cada vez mais alta. Está quase encobrindo a casa. Mas o homem não perde a fé. 'Não', ele diz. 'Deus está vindo.'

"Finalmente, a água chega ao homem, que começa a se afogar. Ele clama por Deus enquanto seus pulmões se enchem. O homem morre, chega à porta do Céu e pergunta a Deus: 'Por que me abandonou? Confiei em você! Abandonou seu próprio filho!'. Deus olha para ele e diz: 'Nunca abandonei você, filho. Mandei uma jangada, um barco e um helicóptero. Foi você quem me virou as costas'."

Nika fica olhando para mim quando termina a história.

"Ah. Então Adam é Deus nessa situação?", pergunto.

"Ele é no mínimo um homem numa jangada." Ela balança a cabeça e ri. "Desculpa por ter te contado tudo isso. É meio ridículo."

"Não é, não", digo. "Eu entendo. É difícil quando alguém que a gente ama não vê as coisas com nossos olhos."

"É", ela concorda. "Tenho medo de que a teimosia dele nos custe nosso negócio."

Minha mãe e eu não brigávamos muito, mas, quando isso acontecia, em geral era por coisas pequenas — roupa, comida, pegar a estrada ou seguir por vias menores. Em tudo o que importava, ela era insistente. Não valia a pena contrariá-la, e eu nunca queria mesmo. Minha mãe tinha uma ideia muito clara de que havia uma maneira certa de fazer as coisas, e na maioria das vezes eu ficava feliz por ela ter as respostas. Eu a ouvia e confiava nela. Eu não sabia qual era a melhor maneira de viver minha vida, e se ela sabia eu achava que o melhor a fazer era seguir seus conselhos. Isso criava um problema com Eric. Não no começo do relacionamento. No começo, acho que ambos até gostávamos. Éramos muito jovens, então era legal ter alguém nos dizendo que passagem comprar, que apartamento alugar, que sofá escolher, onde comprar frango. Mas, com o passar do tempo, Eric às vezes me acusava de seguir os conselhos da minha mãe mesmo quando nos prejudicavam.

"Você nunca pensa no que você quer", Eric me disse uma vez, cerca de um ano depois de termos comprado nossa casa e mudado para lá. Eu não adorava o fato de termos ido morar em Culver City — quinze minutos de carro me parecia longe demais quando eu estava acostumada a ir andando até a casa dos meus pais. Mas o preço era bom, a casa tinha jardim e ficava num lugar legal. Falávamos em começar uma família lá, no momento certo.

De vez em quando, falávamos em ter filhos, como duas pessoas falam sobre o que vão fazer no domingo. Sabíamos que teríamos, em um futuro abstrato, e que até ali a vida se desenrolaria preguiçosamente. Não estávamos preocupados. Ou pelo menos eu não estava.

Uma noite, Eric levantou a questão do nada enquanto comíamos uma pizza margherita com salada do Pizzicotto.

"Acho que a gente devia falar sobre ter um filho", ele disse. Estávamos considerando se íamos beber cerveja ou refrigerante e de repente a conversa envolvia mudar toda a nossa vida.

Fiquei sem resposta por um momento. Soprei minha pizza, depois a deixei de lado. "Tá", eu disse. "O que você quer falar?"

"Acho que estamos prontos."

Pisquei para ele. Prontos? Eu ainda era freelancer, ele estava mudando de carreira. Mal dávamos conta do modesto pagamento da casa. Não podíamos acrescentar um filho às contas.

"E por que acha isso?", perguntei.

"Temos uma casa. Tenho um bom emprego. Seus pais moram perto."

Pensei em mim mesma contando a minha mãe que íamos começar a tentar engravidar. Dei risada. Não pude evitar.

"O que foi?", Eric perguntou.

"Nada, é que... *a gente* ainda é criança."

"Não é, não", Eric disse. "Meus pais já tinham dois filhos com a nossa idade."

"Não somos seus pais."

"Somos os seus?", ele perguntou. "Porque não faz muita diferença."

"Três anos!", eu disse a ele. "É bastante tempo. Uma eternidade. Temos três anos, e devíamos aproveitar."

"Mas e se eu já estiver pronto?"

Nunca me ocorreu que discutiríamos a possibilidade de ter um filho antes de eu completar trinta anos, muito menos que pudéssemos querer isso. E menos ainda que fôssemos chegar a tentar.

"Eric", eu disse. "Você está falando sério?"

Ele pegou um tomate da salada. "Não sei. Só queria sentir que estamos fazendo alguma coisa, tomando esse tipo de decisão por conta própria. Só quero sentir que essas decisões são *nossas*."

"E são", eu disse. "De quem mais seriam?"

Ele não disse nada, por isso continuei a falar.

"Olha, vou pensar a respeito. Mas não quero começar uma família só para *fazer alguma coisa*. Vamos pensar a respeito e conversar na semana que vem, pode ser?"

Eric sorriu. Me deu um beijo. "Obrigado."

Conversei com minha mãe sobre o assunto. Ela disse o que eu sabia que diria: que era cedo demais, que éramos jovens demais. Contei isso a Eric.

"Você disse que ia pensar a respeito", ele falou. "Não disse que ia consultar o comitê. Você nunca pensa no que você quer."

"Não é verdade."

"É, sim", ele disse. "Ela decide por você o que pensar."

Começamos a brigar por causa disso, e foi uma das nossas maiores brigas, mas em nenhum momento duvidei que minha mãe — e eu, consequentemente — estava certa. Por que eu tomaria uma decisão tão importante sem ela? Minha mãe sabia o que era certo mesmo quando eu não sabia. Por que não aproveitar a ajuda?

Deixamos aquela história de filho para depois, outro ano se passou e minha mãe ficou doente. Qualquer comentário relacionado a um bebê era mandado de volta na direção de onde tinha vindo.

Olho para Nika agora, sentada ao meu lado.

"Talvez Marco saiba de alguma coisa que você não sabe", digo. "Se ele tem tanta convicção, talvez tenha informações que não está compartilhando com você."

Nesse exato momento, Adam aparece no saguão. Está molhado da piscina e sem camisa, revelando um peitoral em muito boa forma. Ele tem uma toalha pendurada no pescoço.

"Oi", Adam nos cumprimenta.

"Estávamos falando de você", Nika diz.

Adam ergue uma sobrancelha e olha para mim. "É?"

"Do hotel", acrescento depressa. Sinto um calor subir do meu peito para o pescoço e o rosto. "Da sua oferta."

"Ah."

"Tenho que voltar para a recepção", Nika diz. "Obrigada por me ouvir. De verdade."

"Imagina."

Nika dá um tchauzinho para Adam e vai embora. Ficamos só os dois. É como se o ocorrido ontem à noite passasse em uma tela de cinema à nossa frente. Sei que é a única coisa que ambos vemos.

"Oi", Adam fala de novo. Ainda está pingando. As gotas de água nas pontas de seu cabelo parecem brincos antes de cair.

"Oi", digo.

"Posso sentar?"

Aponto para o espaço vazio ao meu lado, e ele senta.

"Dormiu bem?"

"Dormi." Engulo em seco. "Não tão bem, na verdade."

Adam sorri. "Isso não me surpreende."

Ele olha nos meus olhos, mas eu desvio o rosto.

"O que quero dizer é que tequila, vinho tinto e limoncello juntos fazem isso com a pessoa."

Assinto. "É."

"Posso te perguntar uma coisa?", Adam pede.

"Claro."

"Ontem à noite...", ele começa a dizer.

"Achei que não ia ter constrangimento. Porque estamos na Itália e tal."

Adam faz uma pausa. "Estou constrangendo você?"

Olho para ele. Seu rosto está relaxado, a postura é casual. "Não", admito.

"Não. Então, ontem à noite."

"É, desculpa por aquilo."

"Por que parte?"

"Sei lá. Te beijar? Eu não deveria ter feito isso."

Ele assente. "Percebi que nem perguntei o que você queria."

"Como assim?"

"Bom, você me disse que era casada e que talvez estivesse se separando. E que estava triste por ter perdido sua mãe." Adam diz a última parte com delicadeza e ternura, mas eu estremeço. "Então pensei em te perguntar o que você quer. Se quer fazer seu casamento dar certo. Se quer voltar pra casa, pra ele."

Não era o que eu estava esperando que Adam dissesse. Achei que ele fosse pedir desculpa por ter me beijado. Ou me acusar de ter fugido. Agora não sei o que dizer.

"Porque, tipo, sim, estamos na Itália. Essas coisas acontecem, como eu disse. Eu nem te conheço, e você nem me conhece."

"É." Sinto uma pontada de alguma coisa. Talvez decepção. Interessante.

"Mas poderia conhecer", ele diz.

"Eu poderia te conhecer."

Ele faz que sim com a cabeça. "Poderia."

Minha respiração fica irregular. "Não sei."

"Ah, acho que você sabe, sim." Adam fixa os olhos nos meus. "Como eu disse, não sou eu que decido. Mas seria uma pena se você continuasse fazendo qualquer coisa só porque está acostumada."

Penso na rotina da minha vida em casa. No bule de café, na correspondência, no mercado. Vendo os mesmos quatro programas de sempre.

O que te trouxe até aqui não vai te levar até lá.

"O que vai fazer esta noite?", pergunto a Adam.

"Vou jantar com você", ele diz.

Dezoito

Adam e eu nos encontramos no saguão às sete e meia. Está claro lá fora, mas um pouco mais fresco que durante o dia. Escolhi usar um longo vestido de seda de um azul forte e uma blusinha com os ombros de fora. Pus um maxi colar de quartzo rosa e topázio, nada de brinco, e prendi o cabelo em um coque alto. Também estou com sandálias douradas e minha bolsinha da Clare V. — a marca local de Los Angeles preferida da minha mãe.

"Você está linda", Adam diz quando me vê.

Ele está de camisa de linho branca, bermuda cáqui e um cordão de meditação no pescoço.

"Você também. Quer dizer, você está ótimo."

"Ei", ele diz, "'lindo' está ótimo. Não tem nada de errado em estar lindo."

Quando deixamos o hotel, faço menção de virar para a esquerda, na direção da cidade, mas Adam acena com a cabeça para o outro lado da rua. Tem um carro nos esperando. O motorista está do lado de fora.

"É nosso?", pergunto.

Ele confirma com a cabeça. "Vamos ampliar nossos horizontes", Adam diz. "Você primeiro."

O motorista segura a porta e eu entro no banco de trás

de um sedã antigo. Adam entra pelo outro lado e senta perto de mim.

"Aonde vamos?", pergunto.

"Il San Pietro", ele diz. "Um dos lugares mais deslumbrantes do mundo."

Eu lembro desse nome. Está no dia seis do nosso roteiro: *drinques no San Pietro.*

"É um hotel famoso", Adam prossegue. "É mais fácil ver do que explicar."

Descemos, passando pela cidade, e voltamos a subir, ao longo da costa. Em menos de dez minutos, estamos estacionando do lado direito da estrada.

"Chegamos", o motorista diz.

"*Grazie*, Lorenzo", Adam agradece.

Seguimos por um caminho estreito e logo estamos na boca do San Pietro, uma propriedade extensa construída na encosta.

O saguão é amplo e todo branco. Trepadeiras verdes sobem pelas paredes e se espalham pelo alto. Janelas de vidro enormes dão para um terraço com vista para o mar que margeia toda a propriedade. Adiante, não há nada além de água.

"É maravilhoso", digo a Adam.

Ele sorri. "Vem."

Da varanda, vejo os vários andares do hotel e o que parecem ser milhões de degraus até o mar. Abaixo de nós, a centenas de metros, há quadras de tênis e uma série de espreguiçadeiras de um laranja bem forte sobre as pedras. Com uma vista de cento e oitenta graus do Mediterrâneo.

"Parece um conto de fadas", digo a Adam.

Um garçom aparece e entrega a cada um de nós uma taça de espumante bem gelado. "*Buonasera*", ele diz. "Sejam bem-vindos."

"Obrigada."

"Vamos dar uma volta antes do jantar", Adam diz.

Há passarelas com trepadeiras em toda a volta da construção central. Elas fazem a comunicação entre os quartos e os andares, nos levam mais para perto do mar e de volta, na direção do restaurante principal e do saguão.

"Você já se hospedou aqui?", pergunto a Adam.

"Uma vez. É muito romântico." Adam toma um gole de espumante e eu desvio os olhos para a água lá embaixo. "Mas adoro a facilidade e a conveniência do Poseidon. Aqui, parece mesmo outro mundo."

"É mesmo", digo.

Não sei como as pessoas conseguem ir embora daqui. A magia da Itália parece estar em sua habilidade de se conectar a um período atemporal, a uma era alheia à modernidade. Há uma paz enorme em estar presente, bem aqui.

Tomo um gole de espumante. É seco e refrescante.

Atravessamos um caminho de pedra coberto pelos galhos dos limoeiros.

"É o paraíso", digo.

"Cada quarto é diferente do outro", Adam diz. "Totalmente único. Desde as luminárias às maçanetas e à decoração. É realmente especial."

Mais para a frente, um homem e uma mulher caminham lado a lado, de roupa de banho. Ele tem uma toalha pendurada no ombro.

"É como se estivéssemos num filme", digo. "*Só você* ou *Sob o sol da Toscana*."

"Não vejo muito filme", Adam diz. "Mas concordo que é um lugar bem cinematográfico."

"Quem você trouxe aqui?", pergunto a ele.

Adam sorri para mim. Suas covinhas ficam bem destacadas. "Talvez eu é que tenha sido trazido."

Balanço a cabeça. "Ah, não."

"Por que não?"

"Você parece do tipo que gosta de conduzir."

"Bom, acho que é verdade", ele diz. "Mas a única maneira de conhecer um lugar é ser apresentado a ele. Há uma primeira vez para todo mundo. Quem me trouxe para Positano pela primeira vez foi uma ex. Muitos anos atrás, é verdade. Mal passávamos de crianças. Ficamos num hotel chamado La Fenice. Ficava tão no alto, tão longe da cidade, que era basicamente uma escalada diária. Não tínhamos muito dinheiro, mas a vista era magnífica."

Noto o sorriso que se espalha lentamente por seu rosto.

"Foi sua viagem preferida, não foi?"

Adam volta a se virar para mim, me fitando. "Até agora."

O jantar é servido no terraço, sob a luz dourada da Itália. Tem um forno de pizza a lenha decorado com lindos pratos esmaltados em azul, branco e vermelho, iguais àqueles em que a refeição é servida.

Pedimos pizza — com trufa, figo e tomate assado —, uma salada dulcíssima de rúcula, pera e parmesão, e lulas à dorê fritas à perfeição. Também pedimos uma garrafa de vinho tinto tão delicioso que bebo como se fosse água.

"O que aconteceu com a garota?", pergunto a Adam. Nossos pratos estão limpos e já estamos na segunda garrafa de vinho. O sol está se pondo no mar, deixando a noite escura, em tons de azul. O mar passa de turquesa a índigo. De repente, todo o terraço está à luz de velas.

"Ah", Adam diz. "Já faz muito tempo. Éramos jovens."

"Quão jovens?" Percebo que não sei quantos anos ele tem. Deve ser mais velho que eu. Tem trinta e cinco? Trinta e oito?

"Jovens o bastante", ele diz, e dá risada. "Estávamos viajando pelo mundo todo, e ela fazia questão de vir a Positano, então viemos."

"E você se apaixonou."

"Pela cidade, sim. Já estava apaixonado pela garota. Mas ela acabou partindo meu coração seis meses depois."

"O que aconteceu?"

"Um baterista chamado Dave."

Assinto. "Entendi", digo, embora não entenda nada. Nunca me apaixonei e desapaixonei. Nunca tive outras experiências.

Penso na noite passada, em Adam diante de mim.

"E quanto a você?", ele pergunta.

"Eu?"

"Alguém partiu seu coração?"

Penso em Eric, na faculdade, em seu charme meio bobo, nos fins de semana em que dirigíamos até Santa Cruz, nas compras que fazíamos no supermercado, nas noites em que íamos comer pizza nos meus pais.

"Não", digo.

Adam sorri. "Você sabe o que dizem..."

"O quê?"

"Nunca confie em ninguém que não teve o coração partido. É uma questão de antes e depois. A gente nunca volta a ver o mundo da mesma maneira."

De repente, sinto uma nuvem se instalar no meu coração. Vejo minha mãe, no hospital, na cama em Brentwood. O zumbido e os bipes dos aparelhos.

"Acho que preciso mudar minha resposta", digo.

"Você teve?"

Faço que sim com a cabeça.

Do outro lado da mesa, Adam pega minha mão. Vira a palma para cima e passa os dedos por ela. Sinto seu toque até a espinha, nos ouvidos, um som vibrante, uma energia elétrica.

Pedimos sobremesa. Uma musse de chocolate com chantili em que eu poderia me banhar. Com raspas delicadas de chocolate e açúcar polvilhado por cima. Talvez seja a melhor coisa que já provei.

"Antes que a gente vá", Adam diz, "tem uma coisa que precisamos fazer."

Quando terminamos o vinho, Adam paga a conta e me leva até um canto do terraço. Tem uma porta verde, e do outro lado um elevador panorâmico. Está quase escuro agora, mas o hotel em si está bem iluminado.

"Depois de você", ele diz.

Entramos e logo estamos descendo, passando pelos níveis de jardins, quartos, terraços e locais para comer, nos aprofundando na encosta. Passamos pela horta cheia de ingredientes frescos e pelo spa. Descemos, descemos e descemos, até chegar a uma caverna.

Quando Adam abre a porta, vejo que o elevador nos deixou em uma gruta de pedra. Saímos para a noite uns cem metros abaixo de onde estávamos antes. As quadras de tênis estão à nossa direita; à nossa esquerda fica o restaurante do almoço; em seguida estão as espreguiçadeiras laranja.

Adam pega minha mão e seguimos para as espreguiçadeiras. O mar está meros três metros abaixo de nós, agitado, batendo nas pedras.

"Quer sentar?", Adam pergunta.

Escolho uma espreguiçadeira e ele senta nela também, ao meu lado. Sinto seu ombro roçar no meu, e seu peito próximo das minhas costas.

Aqui embaixo, no nível do mar, a noite é mais evidente. A lua sobe devagar, e a praia inteira paira no espaço entre as coisas. Envolvo meu corpo com os braços.

"Está com frio?", Adam pergunta.

Faço que não com a cabeça. Não estou com frio. Nem um pouco.

Eu o sinto encostar uma mão delicada na minha nuca e descê-la até meu cotovelo. Inspiro o ar da noite.

"Adam", digo.

Viro para encará-lo. Como ontem à noite, sinto um desejo poderoso e quase impossível de resistir, de beijá-lo, de me jogar em seus braços e sentir sua pele em toda parte. Mas não faço isso. Porque tenho Eric, e o que quer que esteja acontecendo aqui não é o bastante para fazer com que eu me esqueça disso.

"Hum?"

"Não posso", digo. Quero cortar minha língua fora.

Ele tira a mão do meu corpo, devagar. "Eu entendo. Quer ir embora?"

Balanço a cabeça. Me ajeito para que minhas costas fiquem apoiadas no encosto da espreguiçadeira. Adam se ajeita também. Sinto sua respiração ao meu lado — entrando e saindo, entrando e saindo, como a maré.

Ficamos ali, vendo as ondas, até o céu ficar quase preto. Até as estrelas parecerem olhos fixos nos barcos no mar, sem nunca piscar.

Dezenove

No dia seguinte, Adam vai para Nápoles a trabalho e eu fico procurando por Carol. Vou ao Chez Black e depois até a marina. Tento o Bella Bar, mas as portas estão fechadas. Espero à entrada do hotel por duas horas inteiras. Finalmente, às nove da noite, admito a derrota. Ela não está aqui.

Janto um prato de macarrão que Carlo manda para mim no terraço. E se eu a tiver perdido de novo?

Eu deveria ter combinado alguma coisa. Devia ter dito: *A gente se encontra aqui amanhã às dez.* Mas estava bêbada e feliz, e acabei esquecendo.

Algumas mesas adiante, um grupo de mulheres de trinta e poucos anos dá risada enquanto toma uma garrafa de vinho. Tenho vontade de puxar uma cadeira para falar com elas, de contar algumas das coisas malucas, maravilhosas, complicadas e confusas que estão acontecendo na minha vida, neste país estrangeiro, neste momento.

Mas não tenho o costume de falar com desconhecidos. Minha melhor amiga é uma mulher chamada Andrea, que eu conheci na faculdade e mora em Nova York. Ela foi ao funeral, mas não passamos nenhum tempo juntas. Pelo que me lembro, a última vez que saímos para jantar foi um ano atrás. Eric e eu não vamos mais a Nova York, e Andrea é gerente de relações públicas e está sempre ocupada. Vendo essas mulheres agora, rindo, bebendo e conversando, fico arrependida por não termos priorizado nossa amizade. Por eu ter deixado tanta coisa escapar.

Termino de comer e subo. Durmo mal, e desisto de pegar no sono outra vez antes mesmo que o sol se levante.

Às seis, desço em busca de café. Somando tudo, devo ter dormido umas três horas ontem à noite. O café da manhã ainda não está servido, mas encontro Carlo arrumando as mesas.

"*Buongiorno*, sra. Silver", ele diz.

"Carlo, alguma chance de você ter café pra mim?"

Ele aponta para a cozinha. "Vou dar uma olhada. Um momento."

Espero no terraço. O ar está fresco como ontem. A cidade continua cinza e azul.

Carlo volta dois minutos depois, com um americano quentinho. Quase preto. Perfeito.

"*Grazie*", digo. "Muito obrigada mesmo."

"Não precisa agradecer", ele diz. "Quer que arrume a mesa pra você?" Ele aponta para meu lugar de sempre, sob o guarda-sol.

"Não, obrigada", digo. "Talvez mais tarde."

Pego meu café e vou sentar a uma espreguiçadeira ao lado da piscina. Sem cafeína, tudo parece tão nebuloso quanto o dia à minha volta. Tomo alguns goles.

Cadê ela?

Quando eu era pequena, pouco mais que um bebê, minha mãe cantava todas as noites para mim. Eu sempre pedia a mesma, aquela que diz: *Mamãe volta, ela sempre volta, ela sempre volta pra me buscar. Mamãe volta, ela sempre volta, ela nunca me esquecerá.*

Minha mãe costumava cantar com uma vozinha ridícula tipo Disney, fazendo a música parecer tão boba que quase ofuscava seu significado. Quase. Esse era seu modo de dizer que sempre estaria comigo, que nunca iria embora.

Volto lá para cima e calço o tênis. Passo protetor solar, pego meu chapéu e volto aos degraus de Positano. Chego ao patamar depois de dez minutos que fazem meu coração disparar, mas sigo em frente. Quando chego ao Caminho dos Deuses, estou ensopada. Tomo um gole de água e olho para a cidade.

A neblina está se desfazendo, cedendo espaço para a manhã. Parece que vai ser outro dia perfeito. Dá para ver tudo até o mar aqui de cima. Não é o mesmo panorama do San Pietro, mas chega perto. Consigo até distinguir a ilha de Capri.

Não tem mais ninguém por aqui. O lugar é todo meu. O café está fazendo efeito, e a mistura de cafeína, ar fresco e esforço físico me mantém desperta. Estou tentando decidir se vou continuar pelo Caminho dos Deuses quando ouço passos atrás de mim.

Prendo o fôlego, na expectativa de ver Carol aparecer. *Por favor, por favor, por favor.* Mas quem chega é Adam.

"Ei", ele diz. "Olha só quem está aqui."

"Você me seguiu?"

Adam leva as mãos à cintura e se inclina para trás, soltando o ar pela boca. "Ufa!", ele diz. "É um belo exercício."

Ofereço minha água a ele, que dá um belo gole.

"Obrigado."

Assinto.

"E não, eu não estava seguindo você", ele diz, me devolvendo a garrafinha. "Eu disse que gosto de caminhar. Quando você mencionou este lugar, fiquei com vontade de vir."

"Como foi em Nápoles?", pergunto.

"Bom", ele diz. "É um lugar meio esquisito, mas eu adoro."

"Quer andar um pouco pelo caminho? Nunca passei daqui."

Ele levanta a barra da camiseta para enxugar a testa. Vejo um pouco da pele do abdome. E o músculo contraído embaixo. "Quero", ele diz. "Vamos."

Pegamos o caminho e continuamos subindo. A vista é espetacular. Depois de mais dez minutos, me pergunto se estamos perto do La Tagliata. Parece que estamos nas nuvens a esta altura. Paramos em um mirante. Me seguro no parapeito de madeira, desgastado até virar uma patina lisa e acetinada por conta de todos os viajantes que vieram e se foram. Adam se põe ao meu lado.

"Li que os deuses costumavam descer por esse caminho para encontrar Poseidon no mar", Adam me diz.

"Ulisses", eu o corrijo.

"Isso, Ulisses. Gosto da ideia", ele diz. "Dá pra entender por que escolheram este lugar. Pra se misturar com os mortais. Qualquer um escolheria um lugar que parece o paraíso na terra."

"Eu amava mitologia grega. Mas não lembro muita coisa da romana."

"Acho que são bastante parecidas", ele comenta. "O que você amava na mitologia grega?"

"Eu gostava da ideia de que havia alguém encarregado de cada coisa. Um deus da água, um deus do vinho, uma deusa da primavera, uma deusa do amor. Cada coisa tinha seu soberano."

"Interessante", Adam diz. "Mas os deuses eram gananciosos. Queriam o que os outros tinham. E sempre se metiam com os mortais. A situação não era das mais ordenadas. Era tudo muito humano, na verdade."

Olho para Adam, que está olhando para o mar. Uma brisa sopra, e o vento levanta os cabelos suados na minha nuca.

"Por que você quer comprar o hotel?", pergunto a ele. "De verdade. Sei que é um bom investimento e tudo o mais."

"Isso não é motivo o bastante? Ainda mais pra uma empresa em expansão?"

Balanço a cabeça. "Você adora Marco e Nika. Vem aqui todos os anos. Disse que é um lugar especial pra você. Não acredito nessa história de que alguém te mandou com uma missão. Não acho que você queira transformar um lugar que já considera perfeito."

Adam não responde de imediato. Ele inspira fundo, mantendo os olhos no mar. "Eu não queria trabalhar nessa área, sabia? Agora adoro, mas muito tempo atrás queria ser advogado."

"Ah, é?"

Adam assente. "Minha mãe é advogada, e meu pai também. Eles se conheceram na faculdade. Parecia a coisa certa a fazer. Meus pais adoram direito e adoram seu trabalho. Eu imaginava que fosse adorar também."

"E o que aconteceu?"

"Não passei no exame da ordem", ele diz. "Duas vezes. E aí senti que devia fazer um exame de consciência."

"E você descobriu que não queria ser advogado?"

"Não foi bem isso. Acho que eu não conseguia compreender advocacia. Não era bom nisso. Mesmo depois de todo o tempo que passei na faculdade, ainda parecia que estava lendo uma língua estrangeira." Adam faz uma pausa e enxuga a testa com as costas da mão. "No fim, eu só não me importava o bastante. Acho que é difícil ser bom em alguma coisa que não se ama." Ele pigarreia. "Eu conheço esse hotel. Amo esse hotel."

"Entendo. Quer dizer, entendo por que ama o hotel. Também amo."

"Não quero mudar o hotel", Adam me diz, em um tom sério, de quem realmente quer que eu compreenda. "Quero ajudar. Quero tornar o lugar ainda melhor. Quero que o Poseidon seja a melhor versão de si mesmo, pra continuar existindo por muito tempo."

"Sei", digo.

"Sou um oportunista, mas não sou uma má pessoa. Eles estão empacados. Precisam continuar evoluindo."

"E você?"

Adam apoia as mãos no parapeito. Volto a olhar para o mar. "Está me perguntando se estou empacado?"

Não respondo.

"Acho que sou ótimo em viajar, mas não sou tão bom no que acontece quando se fica parado", ele diz. "Gosto de ser um visitante. Em lugares, hotéis, na vida dos outros." Adam vira o rosto para mim e nossos olhos se encontram brevemente. "Acho que não tenho certeza de onde vou me assentar, ou mesmo se isso é pra mim, e o hotel parece uma boa oportunidade pra me estabelecer, em vez de..."

"Continuar morando de aluguel?"

"É, talvez."

Ficamos olhando para a água mais um pouco. Então ele dá dois tapinhas no meu braço. Na esportiva, de maneira talvez amigável, mas mexe em qualquer coisa dentro de mim. "Estou impressionado com a sua velocidade", Adam diz.

"Eu adoraria sugerir que continuássemos, mas não quero que a gente morra de desidratação."

"Podemos dar meia-volta", Adam diz. "E passar na barraquinha de limonada na descida. Não tenho água, mas tenho dinheiro."

"Esse podia ser seu bordão."

"Meu bordão?"

"Que nem no *Real Housewives*. Sabe?" Pela cara dele, fica claro que não sabe. "Deixa pra lá."

Caminhamos em silêncio. É confortável, até familiar. Como se nos conhecêssemos há muito mais tempo que os poucos dias desde que cheguei. Paramos na barraquinha de limonada e Adam compra uma pra cada um. O xarope viscoso é doce e delicioso. Tomo tudo e fico com um cubo de gelo na boca, chupando até derreter. Voltamos ao hotel pela escadaria lateral. Paramos no patamar e olhamos para a água. Não temos pressa. De alguma maneira, ainda é cedo, o que parece impossível.

"Sinto que o dia tem mais horas aqui", comento com Adam.

"É por isso que amo este lugar", ele diz.

Tudo é alongado em Positano. Até as horas.

Vinte

Enquanto tomamos o café da manhã, pergunto a Adam se ele não quer ir a Capri hoje. O tempo está maravilhoso — aberto, com o céu bem azul. Olho para a água, que parece cristal. Passar o dia numa ilha paradisíaca parece o plano perfeito.

"Parece divertido, Silver", ele diz. "Acho que você vai gostar, e vai ser uma honra te mostrar o lugar."

"Fui eu que te convidei."

"Pode acreditar em mim: você vai querer que eu fique no comando", ele diz.

Adam conhece alguém que aluga barcos por diária, e uma hora depois estamos no cais, diante de um pequeno iate particular.

"Este é o Amelio", ele diz, me apresentando ao capitão, um homem de trinta e muitos anos que usa rabo de cavalo e uma polo branca.

"Oi", digo. "Obrigada por levar a gente."

"Cuidado ao entrar", Amelio diz, com um sotaque que parece meio italiano, meio australiano.

Amelio pega minha mão e me ajuda a entrar. Toda a frente do iate é almofadada, como se fosse uma espreguiçadeira gigante. Tudo em tons de marrom, creme e branco. É tradicional e lindo.

"É um Tornado, não é?", pergunto a Amelio.

O capitão sorri, satisfeito, e confirma com a cabeça. O estilo do iate é totalmente anos 1960. Ele parece novinho em folha, impecavelmente preservado.

"É um dos barcos mais deslumbrantes do mundo", digo. "Adorei este. É seu?"

Amelio faz que sim. "*Sì, è della mia famiglia.*"

Pego uma toalha de praia. Adam ergue uma sobrancelha para mim.

"Que foi?", digo. "Meu pai ama barcos."

Quando eu era pequena, ele costumava me levar à marina de Huntington Beach para mostrar os barcos. Iates pequenos como este em que estamos são seus preferidos. E meus também.

Nos acomodamos em toalhas lado a lado enquanto Amelio liga o motor. Logo estamos acelerando em direção a Capri. O vento aumenta. O ar à nossa volta está carregado de sal e umidade.

A viagem leva menos de quarenta e cinco minutos. A ilha emerge do mar como uma rocha gigante, cheia de despenhadeiros irregulares e dramáticos. Quando nos aproximamos, vejo uma baía pequena, depois as pedras da praia. A julgar pelas cabecinhas, deve ter umas vinte pessoas na água.

A água profundamente azul perde espaço para um turquesa quase transparente que chega a parecer falso. Amelio desliga o motor e ficamos à deriva. Enquanto somos puxados para a baía, viro para Adam e digo:

"Quero nadar."

"Agora?"

"Amelio", eu o chamo. "Podemos pular na água antes de chegar à praia? Podemos nadar?" Faço mímica de nado peito.

"*Sì!*" Ele aponta para o lado esquerdo do barco, onde uma escadinha dá para a água.

Tiro a saída de praia, sob a qual estou usando um maiô branco, e a deixo sobre a toalha. Percebo que Adam fica olhando.

Então mergulho pela lateral do barco. Sinto a água fria bater na minha pele quente. É quase de tirar o fôlego. Depois de alguns segundos, o choque inicial dá lugar a uma sensação exuberante e refrescante. Viçosa e suave, quase como veludo.

Minha cabeça irrompe na superfície. Sacudo o rosto para tirar a água dos olhos e chamo Adam.

"Vem!"

Ele levanta, olhando para mim.

"Está muito fria?"

Sopro um pouco de água dos lábios. "Está até quentinha", minto.

Fico vendo enquanto ele tira a camiseta. Então mergulho de novo, e quando venho à tona Adam está suspenso na escadinha, meio fora, meio dentro, hesitante.

"Meu Deus", ele diz. "Está gelada."

"Pula, Adam", digo. "Anda."

Ele pula da escadinha, afunda e volta à tona momentos depois, sacudindo o cabelo. Em geral, é o macho alfa, mas aqui na água, com o cabelo molhado, fica brincalhão. Parece mais jovem do que quando o conheci.

Adam joga um pouco de água na minha direção e depois fica boiando de costas. Faço o mesmo. Não tem nenhuma nuvem no céu. É uma vastidão de um azul-claro e impossível.

"Adorei este lugar", digo.

Adam ri ao meu lado. "Ainda nem chegamos a Capri."

"Não", digo. "Estou falando daqui. De tudo isso."

Volto a ficar de pé na água, e Adam faz o mesmo. A corrente o traz para mais perto.

"Obrigada por ter vindo comigo", digo.

Adam está tão perto que vejo as gotículas de água em seus cílios. Elas se agarram a eles como se fossem lágrimas.

"Obrigado pelo convite."

Ele estuda meu rosto. Então volta a mergulhar, depois emerge perto do barco.

"Vem, Silver", Adam diz. "Hora de começar o dia."

Subimos no barco e nos enxugamos enquanto Amelio vai desviando das pedras e nos guiando pela baía até o atracadouro que balança com a água.

Adam pega minha mão e me ajuda a passar para a prancha de madeira.

"Obrigada!", eu grito para Amelio.

"Você pode voltar umas quatro ou quatro e meia."

Amelio assente. "Não se preocupem!"

Ele aponta para o mar, para os quilômetros de água azul nos cercando em todas as direções.

Assim que piso em terra firme, absorvo o entorno.

Guarda-sóis listrados em azul e branco marcam o panorama como flashes de câmera. Sob eles, as pessoas descansam em espreguiçadeiras. Também tem algumas deitadas nas pedras e outras nadando. O lugar não está lotado — está agradavelmente ocupado. Para além das pedras, há uma construção com teto de palha e uma placa de madeira indicando que se trata do clube de praia La Fontelina.

"Já ouvi falar deste lugar", comento. Minha mãe e eu tínhamos feito reserva no Da Luigi, que fica ao lado.

"Bem-vinda ao paraíso", Adam diz. "Vamos."

Fazemos o check-in e recebemos duas toalhas de praia. Um funcionário nos leva até duas espreguiçadeiras próximas da água e arma um guarda-sol para nós.

"É espetacular", digo.

Nem me dei ao trabalho de voltar a vestir a saída de praia. Estico a toalha e deito na espreguiçadeira.

"Espera só até o almoço", Adam diz. "Este lugar tem um dos meus restaurantes preferidos na Costa Amalfitana."

Eu me espreguiço, sentindo o sol nas pernas.

Adam pega um livro. É o exemplar de *Paris é uma festa* que ele pegou emprestado da bibliotecazinha ao lado do meu quarto no dia em que o conheci.

"É bom?", pergunto.

"É um clássico."

"E?"

"É bom", ele diz. "Muito bom. Me lembra do melhor e do pior de Paris. Da tragédia romântica que é aquele lugar."

"Sua mãe volta com frequência?", pergunto.

"Uma vez por ano. A irmã dela, minha tia, ainda mora lá. As duas são próximas, e acho que é difícil pra minha mãe morar tão longe." Adam faz uma pausa e olha para minha bolsa. "Trouxe alguma coisa pra ler?"

Balanço a cabeça. "Não. Mas estou bem assim."

Depois que digo isso, percebo que é verdade. Uma estranha calma toma conta do meu corpo. Fecho os olhos. Uma brisa chega da água e o guarda-sol me mantém protegida.

Tomamos sol por um tempo. Fico cochilando e acordando — embalada pelo barulho do mar, pela paz deste lugar.

"O que acha de ir pro restaurante?", Adam me pergunta cerca de uma hora depois. "Podemos tomar um vinho antes do almoço."

"Parece ótimo."

Visto a saída de praia e subimos os degraus até a construção arejada.

Sentamos no deque, com vista para as pedras e o oceano todo à nossa frente.

Adam pede uma garrafa de Sancerre geladinho. É doce e delicioso. Viro uma taça.

De onde estamos, vemos a água azul e límpida e as três pedras conhecidas como Faraglioni. Elas despontam da água como guerreiros vikings, como montanhas do mar. Têm cem metros de altura e parecem penhascos. A do meio tem uma arcada embaixo, pela qual é possível passar. É impossível não reconhecer a formação das milhares de fotografias no Instagram e fora dele.

Adam acompanha meu olhar. "Você conhece a lenda, né?"

Faço que sim com a cabeça.

Se duas pessoas se beijam ao passar pela arcada da pedra do meio, terão trinta anos de felicidade conjugal.

Trinta anos. É a minha idade. Trinta anos. A idade que minha mãe tem aqui, agora.

"É bastante tempo", comento.

"Não aqui", Adam diz.

Meu estômago ronca. É como se eu estivesse sempre com fome. Como se alguma coisa que estava dormente em mim agora despertasse. Para ser alimentada.

Fazemos o pedido. Legumes e polvo grelhados, burrata e tomates em rama, macarrão com lagosta. Uma salada verde temperada e pão completam a refeição.

Como. Como, como e como.

"Eu poderia comer o tempo todo aqui", digo. "Me sinto um saco sem fundo."

"Eu sei", Adam diz. "Te falei. A comida é incrível. A comida italiana tem esse efeito. Quando os ingredientes são simples e de alta qualidade, a refeição satisfaz e não pesa."

A lembrança de Adam batendo na própria barriga e dizendo ter engordado cinco quilos me vem à cabeça.

Tomo mais um pouco de Sancerre. Tenho quase certeza de que já estamos na segunda garrafa. Sinto meus braços e pernas agradavelmente livres, e um zumbido feliz dentro do peito.

"Você só vem à Itália a trabalho agora?", pergunto a Adam.

"Nem sempre. Temos um hotel em Roma, mas Positano é um lugar agradável para visitar quando se tem uma folguinha."

"É bem romântico", digo, do nada. É o vinho. Tenho o impulso de acobertar o que falei com mais palavras, mas não faço isso.

Adam ergue uma sobrancelha para mim. "Concordo. É bem romântico."

Sinto uma fisgada no estômago só de pensar em Adam aqui com outra mulher. Talvez ele a tenha conhecido no hotel, como aconteceu comigo. Talvez ela fosse americana também. Ou suíça. Ou francesa. Uma morena fabulosa com pernas quilométricas e um lencinho amarrado no pescoço. Annabelle. Não, Amélie.

"Minha última ex preferia Roma, pra dizer a verdade", Adam diz, como se lesse minha mente. "Ela era da Toscana e tinha certo preconceito com a Costa Amalfitana."

"É mesmo?"

Adam dá de ombros. "Alguns italianos consideram a costa cheia demais, turística demais, cara demais."

"Ela é tudo isso mesmo", digo.

"Sim", Adam concorda. "Mas olha só pra isso."

Ele aponta para o mar. Para as pedras ao longe. Para a água e o céu, que parecem tecnicolor, irreais.

"O que aconteceu com ela? Por que vocês terminaram, digo."

Adam pega seu copo de água. "Ela queria morar na Itália e não queria que eu viajasse. Brigávamos o tempo todo por causa disso. Ela queria uma vida que merecia ter, mas que não era realista para mim. Fiquei sabendo que casou em Florença. Já faz dois anos. É incrível como o tempo voa."

Dá para ver que isso ainda chateia Adam. Ou chateava. Tem uma ferida aberta aí, que não se curou totalmente.

"Quanto tempo vocês ficaram juntos?"

"Três anos, indo e voltando." Adam olha para mim. "Tenho dificuldade de ficar em um único lugar. Às vezes acho que não deu certo porque não era pra dar, às vezes acho que não deu certo porque eu não quis."

Penso em Eric, na nossa casa, a quinze minutos dos meus pais. Nos quatro restaurantes a que vamos, nas noites de cinema no Grove. Nos shows no Hollywood Bowl. Minha vida inteira se desdobrava em um raio de quinze quilômetros. Também resisto à mudança. Também me recuso a deixar que me mudem.

O copo de Adam faz barulho quando é deixado de lado. "Bom, o que você quer fazer agora?", ele pergunta. "Podemos passear em Capri. Fazer compras. Ir comer no restaurante do limoeiro."

Para ir ao centro de Capri, é preciso subir a colina. O problema é que o único jeito de chegar lá é a pé, através de um caminho com vista para o mar. Depois do exercício de hoje de manhã, não sei tenho energia para mais dez mil degraus.

"Podemos ir de barco até a Marina Piccola e caminhar", Adam sugere.

Eu recosto. Vejo nossas espreguiçadeiras mais abaixo.

"Sabe o que quero realmente fazer?", digo.

"O quê?"

"Nada."

Adam sorri. "Tem certeza? Já estamos aqui. E Capri é bem legal. Tem boas lojas, bons bares..."

"Já vi nas fotos", digo. "Tem uma loja da Prada."

"Mas tem um monte de lojinhas também. Achei que isso pudesse te interessar. Você se veste bem, de um jeito diferente."

"Obrigada." Eu nunca descreveria meu estilo como diferente. Derivativo com um toque especial, talvez. "Gosto de fazer compras, mas hoje só quero ficar aqui sem sentir que preciso ir a outro lugar ou fazer alguma coisa. Tudo bem?"

Adam assente devagar. "Tudo", ele diz. "Tudo perfeitamente bem."

Pelas quatro horas seguintes, só cochilamos e nadamos. É o paraíso. Vou do mar para a espreguiçadeira, depois para as pedras e volto. Só isso, simplesmente. A simplicidade da água, das pedras e das vistas deslumbrantes. Temos vinho, água e limonada gelada. Reaplico o protetor solar, e Adam troca de lugar comigo quando o guarda-sol já não consegue proteger nós dois. Ele fica lendo. Fecho os olhos e, pela primeira vez em meses, me deparo com um agradável vazio. Não encontro imagens de hospitais, nem perguntas sobre o meu futuro, nem a incerteza do porvir. Tudo o que sinto é isso, esse abraço pleno do presente.

Quando as quatro e meia se aproximam, vemos o iate balançando na água. Adam acena e nos arrumamos para ir. Abrimos caminho até o atracadouro enquanto Amelio se aproxima devagar.

Embarcamos. Minha pele está cheia de água do mar e protetor, e a saída de praia continua enfiada na bolsa.

"Gostaram?", Amelio pergunta.

"Adorei", digo. "Acho que vou me mudar pra cá." Penso em uma vida inteira de dias na praia.

Conforme nos afastamos do La Fontelina, vejo o Faraglioni à frente. Alguns barcos passam por baixo da pedra do meio. Alguns casais se beijam sob a arcada.

"Querem passar por ali?", Amelio pergunta.

Adam olha para mim. "Claro", ele diz. Estamos na parte da frente do barco. Adam senta e abraça os joelhos. "Você precisa ter a experiência completa aqui em Capri."

Meu coração acelera. Não tenho ideia do que Adam está insinuando. Será que ele quer que eu veja essa maravilha arquitetônica da natureza de perto? Ou será que vai me beijar debaixo da arcada? Qual é a experiência completa?

Minha pulsação parece cada vez mais alta, tal qual cavalos se aproximando. Sinto que a dúvida paira entre nós enquanto seguimos rumo às pedras.

Quando chegamos perto, Amelio diminui a velocidade do iate. Adam estende as pernas à frente, se apoia nas mãos e inclina a cabeça para me olhar. Mas ele não sai do lugar, pelo menos por enquanto.

"Lá vamos nós!", Amelio grita.

Começamos a passar sob a arcada. Uma brisa fresca sopra. Estamos cercados pelas pedras. Sinto Adam perto de mim, mais perto do que momentos antes. Sinto sua pele — salgada, quente — e o roçar de sua roupa.

Estamos completamente encapsulados agora. O momento nos envolve como uma bolha que ameaça estourar.

"Katy." A voz de Adam mal passa de um sussurro, e eu viro em sua direção. Ele me olha com tanta intensidade que fico achando que vai me beijar. Que vai mesmo fazer isso. Os segundos se arrastam, como anos. O tempo, dobrado sobre si mesmo, prescrito, como aqui, agora, não tem o mesmo peso. Não significa a mesma coisa. Somos jovens e velhos, estamos indo e voltando, tudo de uma só vez.

Estamos quase saindo do outro lado. Vejo que o sol começa a coroar, se esforçando para nos encontrar. É agora ou nunca.

Então Adam pega minha mão. Ele pressiona sua palma contra a minha, entrelaçando seus dedos aos meus. E continua segurando enquanto saímos para o sol.

"Linda!", Amelio diz.

"Linda", Adam repete, ainda olhando para mim.

Vinte e um

Não vejo Carol no dia seguinte também. Dois dias depois, Adam me leva a Nápoles. Ele diz que é um de seus lugares preferidos em toda a Itália.

"Muita gente não gosta", Adam comenta. "Tem poucos turistas. Mas acho que Nápoles é um dos lugares mais bonitos do mundo. Fora que tem a melhor pizza que você vai ter a sorte de comer na vida."

"Melhor que a do Mozza? Vamos ver."

"Como superar o lugar onde tudo começou?", ele pergunta.

Tem um carro nos esperando na porta do hotel depois do café da manhã. É um conversível que parece saído diretamente dos anos 1950. Desta vez, é Adam quem dirige. A vista da saída da cidade é tão deslumbrante quanto a vista da chegada.

"Acho que quero ficar aqui pra sempre", digo.

Adam sorri. "É por isso que sempre volto."

"Não tenho certeza de que isso é possível no meu caso."

"Se você quiser, é."

"Acredita mesmo nisso? Que todo mundo pode viver na Costa Amalfitana se realmente quiser?"

"Ei", Adam diz. "Calma aí. Não foi o que eu falei. Falei

que *você* pode, se quiser. Não estamos falando de todo mundo. Estamos falando de você."

"Você não tem como saber isso", digo.

Adam vira para me olhar. "Então acho que preciso te conhecer melhor. Ainda bem que temos o dia todo."

Quando a parte costeira da viagem acaba e estamos a cerca de vinte minutos de Nápoles, Adam me resume a história do lugar.

"Nápoles é uma cidade estranha. Alguns lugares estão detonados, na pior mesmo, mas a cidade mantém uma beleza mediterrânea, quase grega. Foi a cidade mais bombardeada da Itália durante a Segunda Guerra Mundial e tem uma história bastante trágica, com uma epidemia de cólera gigantesca, pobreza, crime. Mas Nápoles e os napolitanos têm uma força enorme. Ver tanta beleza ao lado de tanta decadência sempre me impressiona. Você vai ter essa sensação quando estiver lá."

"Ouvi dizer que a cidade é conhecida pelos batedores de carteira", comento, recordando do que li em um guia de viagem.

"Tem isso também", Adam confirma.

Quando chegamos a Nápoles, compreendo o que ele quer dizer. A periferia parece assolada pela pobreza. Conforme nos aproximamos do centro, fica tudo mais barulhento, mais movimentado. Os motoristas cortam uns aos outros, ignorando as regras de trânsito. É muito mais caótico e estressante do que o lugar de onde estamos vindo.

Estacionamos perto do Duomo, uma das mais de quinhentas basílicas de Nápoles.

"Acho que é a cidade italiana mais aferrada à religião católica", Adam me diz. "O povo aqui é muito religioso. E muito escandaloso."

As ruas são movimentadas e empoeiradas. Tem mais lixo aqui do que vi em qualquer outro lugar da Itália. Minha passagem por Roma foi breve, quase não conta, mas mesmo assim sei que as duas cidades não têm nada a ver uma com a outra. Tenho dificuldade em compreender o que exatamente Adam ama neste lugar.

"Vamos", ele diz. "Quero dar uma volta com você."

Adam toca meu cotovelo e me faz virar numa rua. Tem um casal em meio a uma discussão acalorada na esquina. Ela gesticula com as mãos no rosto dele. O homem as pega e por um breve momento acho que vai sacudi-la, então ela puxa o rosto dele para baixo e de repente os dois estão se beijando intensamente.

"É a Itália", Adam diz.

"É a Itália", repito.

"Acabei de perceber que nem sei com que você trabalha", ele comenta.

"Sou redatora. Ajudo empresas e às vezes pessoas físicas a dizer o que precisam dizer. Desenvolvo a linguagem de sites e newsletters. Já trabalhei em alguns livros. Passei um tempo numa empresa, mas saí quando minha mãe ficou doente."

"Entendi", Adam diz. "Quanto tempo faz isso?"

"Alguns meses. Cuidar dela foi..." Olho para duas senhoras carregando sacolas de plástico que parecem pesadas demais para elas. "Minha mãe era minha melhor amiga."

Adam enfia as mãos nos bolsos, mas não diz nada.

"Ela era uma mulher vibrante. Sabia tudo. Todo mundo que a conhecia pedia conselhos a ela. Minha mãe era uma boa pessoa, tinha tudo planejado, e eu..."

"Você é filha dela", Adam diz.

"É, mas somos muito diferentes."

Adam olha para mim, mas não diminui o ritmo. "Não acho que seja verdade. Sua mãe te ensinou a ser como ela, não?"

Penso na minha mãe chegando na minha casa com um tapete vintage para o chão da cozinha, almofadas para o sofá, comida pronta para guardar na geladeira.

Uma coisa me ocorre, mas não sei bem como explicar, ou o que vai acontecer se eu reconhecer em voz alta, ou apenas para mim mesma. Até que reconheço.

"Não", digo. "Ela não me ensinou a ser como ela. Eu só recebia."

Não cozinho. Não decoro. Não sei onde comprar flores no vale, porque era só ligar para ela. E agora minha mãe se foi e não consigo evitar pensar que me deixou despreparada.

"Sinto muito", Adam diz. "Sei que isso é difícil pra você." Ele pigarreia. "Minha irmã morreu quando eu era bem novo. Estava brincando no trepa-trepa do parque, caiu de um jeito estranho e nunca mais acordou."

"Minha nossa."

"Minha mãe estava lá." Adam balança a cabeça. "Às vezes, quando me perguntam por que não sou casado, penso na minha irmã, Bianca. É a primeira coisa em que penso. Isso é estranho? Nem sei por que isso acontece, na verdade."

"Porque você não quer perder outra pessoa assim próxima de novo."

Adam balança a cabeça. "É mais como se..." Ele faz uma pausa para refletir. "Não quero ver ninguém sofrer. Quando penso em Bianca, não penso em mim. Penso na minha mãe. Nela chorando todo ano, no dia em que aconteceu. No aniversário da minha irmã. No Natal. Sempre que alguém perguntava quantos filhos tinha. É o sofrimento que me assusta. O modo como posso me sentir em relação às perdas de outra pessoa."

"Deve ser a pior coisa do mundo", digo. "Perder uma criança."

Adam assente. "Ela nunca superou. Como superar?"

Penso em quantas vezes me perguntei a mesma coisa. Se vou voltar a me sentir normal. Se vou ficar bem um dia. A resposta sempre foi não, mas aqui, agora, acho que talvez haja espaço nisso também. Talvez o tempo sem ela não seja um campo de batalha, mas um terreno baldio. Com piso de terra. Um espaço não cultivado. Que talvez, com o tempo, eu possa escolher.

Continuamos andando, agora em silêncio. Serpenteando pelas ruazinhas. Paramos em um café pequeno com o que parecem ser dois cachorros de rua na porta e pedimos espressos. Tomamos e seguimos em frente.

Enquanto passeamos, uma coisa muito simples me impacta. No casal acalorado da esquina, nas mulheres carregando as compras até em casa, nas crianças brincando e gritando nas ruas. Nápoles é um lugar de conexão. De comunidade.

Há beleza nos prédios detonados, nas roupas penduradas no alto, no ritmo e no arrastar da vida cotidiana. Também há beleza na arquitetura mediterrânea antiga, nos prédios construídos séculos atrás, antes de Nápoles se tornar o que é hoje. Há beleza na discrepância — duas coisas que parecem opostas, juntas.

O novo e o velho, o suntuoso e o arruinado, a história em sua totalidade, aqui, ao mesmo tempo. Este lugar que já foi glorioso e carrega essa lembrança não como uma relíquia, mas como uma promessa. Outra vez. Um dia.

Pego a câmera na bolsa e a deixo pendurada no pescoço.

"Que máquina linda", Adam comenta.

"Ah, obrigada. Foi presente. Adoro fotografia. Uma lembrança inteira capturada em um momento."

"Muito bem colocado."

Tiro uma foto de um homem todo de jeans, com um saco plástico e uma flor na mão.

Passeamos por algumas horas. O sol não é tão forte aqui quanto em Positano, e os terraços e as sacadas sobre nossa cabeça nos protegem.

Já passa de uma quando Adam sugere almoçarmos pizza. "Nápoles é conhecida por elas", ele diz. "Devemos provar tantas quanto possível. É meu passatempo preferido aqui."

De novo, sou lembrada de que meu apetite foi despertado na Itália. Aqui, quase nunca fico cheia, e mesmo quando fico a fome logo volta.

"Eu topo", digo.

Seguimos para a Pizzeria Oliva, um lugar que Adam adora no bairro de Sanità, habitado pela classe trabalhadora. Fazem todo tipo de pizza lá: de ricota com raspas de limão, manjericão e pimenta até a clássica napolitana. Também pedimos um bolinho frito de muçarela defumada que é divino.

"Isso devia ser proibido", digo a Adam depois da primeira mordida.

"Muito bom, né?"

Ele sorri para mim e fica me vendo comer.

"Demais."

Depois vamos comer outra das pizzas preferidas de Adam, um lugar que não passa de uma janelinha a cerca de dez minutos andando. Diferente do Oliva, aqui a pizza é tradicional, e pegamos uma marguerita clássica. Adam sinaliza para que eu o siga até o meio-fio. Ele abre alguns guardanapos no chão e espera que eu sente. Faço isso.

Há uma agradável comoção na rua. Alguns adolescentes

falam num italiano rápido, chutando uma bola de um para o outro. Duas mulheres de uns quarentas anos conversam na entrada de um prédio, gesticulando muito. Motos passam. É tudo muito tranquilo, uma coisa que a poucas horas eu nem imaginava que diria sobre Nápoles. O dia está se acalmando.

"O que acha?", Adam pergunta.

Dou uma mordida na pizza. É absurdamente boa. "Nossa. Maravilhosa. Quantos pedaços tem aí?"

Adam balança a cabeça. "Não, estou falando de Nápoles. Está feliz por termos vindo?"

Olho para ele, que dobra um pedaço no meio e começa a comer pela ponta. Um pouco de gordura escorre para a calçada.

Eu nos vejo de cima. Um homem e uma mulher, de férias na Itália, comendo uma pizza depois da outra. Em lua de mel, talvez. Duas pessoas celebrando o meio de seu relacionamento. Ninguém saberia que somos quase desconhecidos.

Quanto da minha vida ficou em aberto, na verdade? Quanto já se prestou a seu desenvolvimento natural?

Uma sensação que me é completamente desconhecida começa a despertar dentro de mim. Ela farfalha, se mexe, se estica, depois fica aqui, bem ao nosso lado.

Deixo meu pedaço de pizza de lado. Limpo os dedos e pego a mão de Adam. Os dedos dele são macios e compridos, como se cada um fosse um corpo próprio, com seus próprios órgãos, um coração batendo. Um mapa de tudo.

Eu a aperto uma vez, como se respondesse. *Sim.*

Vinte e dois

Quando estacionamos em Positano, já passa das seis. Adam abre minha porta e me oferece a mão para que eu desça do carro.

"Obrigada", digo. "Foi um dia excelente. O melhor que tive em um bom tempo."

"Que bom que gostou", ele fala. "Obrigado por ter topado ir."

O momento se prolonga. O ar parece carregado de possibilidades. Do calor. Da noite iminente.

"De nada."

"Tenho que fazer uma coisa rapidinho", Adam diz. "Mas ligo no seu quarto quando eu voltar."

Assinto. "Talvez eu saia pra dar uma volta."

Adam se inclina para mim e beija minha bochecha com um movimento rápido. "Você é muito especial", ele diz, então vai embora.

Volto para o meu quarto. Tiro a roupa e entro no chuveiro. É boa a sensação da água quente na pele salgada e suada. Vou me sentindo cada vez mais revigorada conforme me esfrego. Saio do banho e olho para meu corpo nu no espelho. Parece que faz uma eternidade que não me vejo assim. Não consigo lembrar quando foi a última vez.

A marca do meu bronzeado é bem visível. Não ficava tão pronunciada desde o verão que passei no acampamento Ramah, quando estava no nono ano. Estou morena e cheia de sardas. Meu rosto está ligeiramente rosado.

Seco o cabelo com a toalha e passo hidratante no corpo. O vapor toma conta do quarto. Abro as portas da sacada e convido a luz do fim de tarde a entrar. Vou para a frente do guarda-roupa. Os vestidos e as blusas que eu trouxe comigo estão pendurados ali — cores vívidas, padrões, estampas. Pego o vestido de seda longo que está no último cabide.

É branco com alças. Eu o visto. Ele desliza pela minha pele e se amontoa embaixo. Tem um bordado desgastado do lado esquerdo. Está um pouco amarelado na bainha e desfiado nas axilas. Fica perfeito no meu corpo. Era da minha mãe.

Calço um espadrille dourado e vou lá para baixo. Marco está começando a arrumar tudo para o jantar.

"*Bellissima!*", ele diz para mim.

Sorrio. "Obrigada." Dou uma olhada no restaurante vazio. "Nika está por aqui?"

"Não", ele diz. "Já foi por hoje. É maluca, aquela menina. Não para de me encher."

"Por causa de Adam e do hotel?", pergunto.

"*Sì, certo.*"

"Entendo o lado dela", digo. "Se vocês precisam de ajuda..."

"Este hotel... é a maior glória da minha família", Marco diz. "Nossa história toda está aqui." Ele movimenta as mãos no ar, traçando um círculo. "No Hotel Poseidon. Entende?"

Meu pai se aposentou há três anos. Ele tinha cinco lojas de roupa, setenta e dois funcionários e um escritório administrativo perto da minha casa em Culver City.

Ele não queria parar, mas minha mãe queria que parasse. Ou melhor, ela queria parar.

"Enquanto seu pai trabalhar, continuarei trabalhando também", ela disse. "E essa fase da vida acabou pra mim. Não gastamos demais. Podemos nos sustentar. Quero fazer outras·coisas agora."

Minha mãe queria viajar mais, ler ao ar livre, fazer jardinagem, passar mais tempo com meu pai sem falar de modelos de negócios.

"Mas seu pai ama trabalhar", Eric me disse. "As coisas estão indo bem e eles ainda são jovens. Não consigo entender o que vão fazer."

Eu concordava com ele. Não achava que era uma boa decisão. Meu pai precisava estar envolvido com alguma coisa, e minha mãe estava acostumada com um companheiro que tinha algo além daquele relacionamento. O que aconteceria se aquilo mudasse?

Confrontei minha mãe numa noite de sexta-feira, depois do jantar. Eric e meu pai estavam na sala, assistindo a um jogo gravado. Minha mãe estava fazendo chá de hortelã na cozinha. Tinha torta de morango. Me lembro porque em geral ela fazia de maçã.

"Acho que não é uma boa ideia papai parar de trabalhar", eu disse. "Ele vai te deixar louca se ficar aqui o tempo inteiro. Ele precisa de estrutura. O que vai ficar fazendo durante o dia? Não acho que seja inteligente. Eric concorda comigo."

Minha mãe encheu o bule de hortelã e água quente e deixou tampado por cinco minutos inteiros. Ela gostava de chá bem forte.

"Eu não concordo. Acho que nós dois precisamos de uma mudança."

"Não acho que o papai precise", eu disse. "Ele adora o negócio. Adora ter um lugar aonde ir e pessoas que dependem dele."

Ela deixou minha xícara à minha frente. Toquei a cerâmica com a ponta dos dedos. Estava pelando.

"É verdade", minha mãe disse. "Mas ele também está curioso pra saber o que vem a seguir. Faz anos que falamos a respeito. Não foi uma decisão no calor do momento. Você age como se não conversássemos. O casal somos nós. Nem tudo precisa fazer sentido pra você. É o que nós dois queremos."

Nunca pensei no casamento dos meus pais como uma entidade separada da nossa família — éramos uma coisa só. Aquele sentimento por parte da minha mãe era novo, ou pelo menos nunca tinha sido expressado.

"O que vocês vão fazer?", perguntei.

"Alguma coisa diferente", ela disse. "Há mais na vida do que continuar fazendo o que se sabe fazer."

Na época, não entendi, mas entendo agora. Eles não tiveram muito tempo, mas naquele ano viajaram muito: foram para o México, Nashville e as Bahamas. Meu pai aprendeu a tocar violão. Minha mãe aprendeu a fazer cerâmica e bolo inglês. Ela redecorou a sala, e depois o escritório do meu pai em casa. Os dois estavam sempre se mexendo.

Há mais na vida do que continuar fazendo o que se sabe.

O que te trouxe até aqui não vai te levar até lá.

"Você é casado, Marco?", pergunto agora.

A agitação toma conta do rosto de Marco. "Sou velho demais pra você!"

"Não foi por isso que perguntei."

Marco ri. "Sim, sim, claro que sou casado."

"Onde está sua esposa?"

"Ela não gosta da vida em Positano. Passa bastante tempo em Nápoles. Mal a vejo no verão."

"Fui a Nápoles hoje!"

"É mesmo?"

"Adam me levou. Adorei."

Marco sorri. "É bom para famílias."

"Você deve sentir saudade dela", digo.

"Claro, mas a vida é assim. Você sente saudade. A gente sente saudade. Mas tudo bem."

"Se você tivesse mais ajuda aqui, talvez pudesse ver sua esposa com mais frequência."

Marco pensa a respeito. Então sua expressão se altera. "Você concorda!", ele diz. "É uma deles! Fora daqui!"

Ele está brincando, acenando para que eu vá embora com um floreio divertido.

"Você me recomenda algum restaurante na cidade?", pergunto. Descemos lado a lado a escada para o saguão. "Quero tomar um drinque."

"Sozinha?"

Confirmo com a cabeça.

Marco parece satisfeito. "Terrazza Celè. É lindo."

Ele faz sinal para que eu o siga e aponta para a esquerda depois que atravessamos a rua. "É descer e descer, depois subir. Do lado direito. Pega um mapa, mas nem precisa. É todo azul."

"Obrigada", digo.

Marco corre para dentro do hotel e volta com um mapa de Positano com a localização do restaurante circulada.

"Tenha uma excelente noite!", ele diz. "Desfrute da magia de Positano!"

Viro para a esquerda na saída do hotel. Assim que o faço, ouço alguém me chamando. É ela.

"Katy! Espera, Katy!"

Carol está aqui, correndo na minha direção.

"Aí está você!", ela diz, sem fôlego. Está usando um vestido azul de algodão, as alças caindo dos ombros. O cabelo está levemente preso na altura da nuca. "Não te encontrei em lugar nenhum hoje!"

Uma emoção percorre meu corpo, mas não é exatamente alívio. É mais felicidade. De vê-la. Diante de mim, viva, respirando. Minha amiga.

"Carol", digo. "Oi. Por onde você andou?"

"Eu estava trabalhando" ela diz. "E você?"

"Fui pra Capri! E hoje pra Nápoles."

Ela arregala os olhos. "Com quem?"

"Um cara que está ficando no mesmo hotel que eu."

"Vim te convidar pra jantar na minha casa", ela diz. "Está livre?"

"Jantar com Remo?", pergunto.

Ela balança a cabeça. "Só nós duas."

"Agora?"

"Por que não? A menos que tenha compromisso."

"Não", digo. "Eu não tinha nada planejado."

"Ótimo. Vem comigo. Só preciso pegar algumas coisinhas antes de irmos."

"Tá bom", digo.

Ela sorri, então acena com a cabeça para a direita, para que eu a siga. "Maravilha."

Começamos a andar. Tenho que segurar a saia do vestido para não tropeçar nele.

"Você está linda, aliás", Carol diz. "Muito elegante. Adorei o vestido."

É seu, quero dizer a ela. *Peguei do seu guarda-roupa. Você usou para ver o Van Morrison tocar no Hollywood Bowl. Estava linda.*

"Ah, obrigada."

Continuamos subindo a encosta, até que Carol aponta para uma pequena bodega à direita. "Aqui", ela diz.

Entramos. Tem uma senhora atrás do caixa. Duas crianças brincam no piso de fórmica.

"*Buonasera*", digo.

"*Buonasera, sì.*" Ela vira para Carol. "*Ciao, Carol.*"

"*Buonasera, signora. Hai i pomodori stasera?*"

"*Sì, certo.*" A mulher acompanha Carol até uma pequena seção de hortifrúti.

"*Grazie mille.*"

Carol põe tomate, manjericão e chalotas na cesta. Nunca a vi falar italiano. Algumas palavras, talvez, mas sempre com dificuldade.

"Estou tentando pensar", ela diz, então conta nos dedos. Já a vi fazer isso inúmeras vezes. Nas centenas de milhares, talvez milhões de vezes que fui fazer compras com ela ao longo da vida. Em idas à Rite Aid, Target, Grove. Sábados atrás de sandálias novas no Beverly Center ou na feira de Brentwood. Domingos no mercado, contando cestinhas de frutas vermelhas ou potes de creme de castanha de caju.

Mas aqui, nesta vendinha italiana, nesta cidadezinha italiana, com alguém que é e não é minha mãe ao mesmo tempo, percebo quanto de sua vida sempre perdi. Ela me conhecia completamente, mas não era uma via de mão dupla. Não podia ser. Quanto ela não viveu antes que eu chegasse? Quem ela era antes de me conhecer?

Penso na infância dela em Boston, nos estudos em Chicago, na mudança para Los Angeles. Penso na morte da mãe dela — tão jovem, muito mais jovem que eu —, em seu pai caloroso, mas distante. Quem a ensinou a amar? Quem a ensinou a ser a mulher que se tornou, a mulher que está aqui hoje?

Carol paga. Saímos com um saco de papel cheio de compras.

"É uma subidinha", ela diz. "Mas curta. Você aguenta com esse sapato?"

Olho para os espadrilles, que já estão machucando meus calcanhares. "Claro", digo. "Sem problema."

Pegamos uma escada. Depois de dois lances, tenho que ajeitar o vestido, passando a barra da saia pelo braço.

"Você está indo superbem", Carol diz. "Estamos quase chegando. Sabe que desde que te vi aquela vez estou subindo os degraus até ali quase todo dia? É uma excelente maneira de começar a manhã depois que se superam as cãibras e a possibilidade de parada cardíaca."

Dou risada. "Concordo."

Depois de mais um minuto de subida, a escada se divide em três: continua subindo à esquerda e em frente, e conduz a uma portinha turquesa à direita.

"Chegamos", Carol diz. Ela me passa o saco de papel em um gesto casual e caloroso, que me reconforta, então pega a chave.

Assim que entro, percebo que o lugar é quentinho, bem iluminado e aconchegante. Carol não tem o mesmo gosto da minha mãe, nem de longe, e está morando aqui temporariamente, claro, mas há qualquer coisa de familiar, qualquer coisa que eu reconheceria em qualquer lugar. A cozinha pequena é integrada à sala. À direita fica o quarto. Na sala de estar tem uma sacada. A vista não é igual à do Poseidon, mas dá para a cidade e para o mar mais adiante. Tem uma canga cobrindo o sofá. Um tapete bem colorido sobre o piso de madeira. Um mapa da Grécia na parede. O conjunto dá a sensação de um chalezinho inglês no Mediterrâneo.

"É uma graça", digo.

"Ah, obrigada. Fica à vontade pra tirar os sapatos." Ela aponta para uma sapateira à entrada. "Mas tenho que avisar que o piso pode estar um pouco empoeirado."

Carol deixando o piso empoeirado? Tiro os sapatos, intrigada pela possibilidade de sujeira numa casa Silver.

A sensação de ficar com os pés descalços é boa. Deixo meus espadrilles junto com os tênis dela e um par de chinelos.

"Tinto ou branco?", Carol pergunta. "Também posso fazer negroni."

"O que preferir", digo. "Gosto de tudo."

Carol leva as mãos à cintura e olha para mim. "Mas o que você quer?"

Penso um pouco. "Tinto."

Carol assente. "Eu também."

Ela desaparece na cozinha, e eu dou uma volta na sala. Quero ver tudo. O lugar em que Carol morou — mora —, mesmo que brevemente.

Há resquícios dela em toda parte — uma pilha de revistas *New Yorker* na mesa de centro, um vaso de flores quase mortas, uma blusa de frio jogada na poltrona perto da sala de jantar. Uma desordem intencional.

Pego a blusa e a aproximo do nariz, para sentir seu cheiro.

"Abri uma garrafa de Montepulciano." Carol se aproxima e me pega com a blusa na mão.

"Que tecido macio", digo.

"Ah, obrigada. Ando obcecada por costura e tecidos. Talvez eu pareça uma vovozinha, mas gosto da sensação dos materiais. Aqui." Ela me passa uma taça, que eu aceito.

"Você faz crochê?"

"Tricô", ela diz. "Um pouco. É gostoso fazer alguma coisa só por fazer."

"Sei o que quer dizer. Trouxe minha câmera e tenho fotografado um pouco." Tomo um gole de vinho. "Talvez essa seja minha vocação."

Carol ri. "Bom, já te digo que tricô definitivamente não é a minha."

Minha mãe entendia tudo de tecidos — texturas, têxteis e materiais. Era capaz de pegar uma blusa nas mãos e dizer quanto deveria custar. *Você não vai continuar tricotando*, penso. *Mas vai usar o que aprendeu. Tudo o que aprendeu.*

"Vou começar a fazer o jantar. Por que não vai com seu vinho lá pra fora?" Ela aponta para as portas duplas que levam para fora.

Olho para a cozinha. "Posso te ajudar?"

Ela sorri. É um sorriso caloroso, que me passa a sensação de segurança e familiaridade. "Seria ótimo."

Um lado da cozinha é aberto, dando para a sala. Eu me sento em uma banqueta diante de Carol enquanto ela tira os ingredientes do saco, da geladeira e dos armários. Azeite, sal, tomates e limões. Ricota e pancetta.

"Você cozinha?", ela me pergunta.

"Não", digo. "Não de verdade. Não sou muito boa."

Ela balança a cabeça. "Está pegando pesado demais consigo mesma."

"Eu juro", digo. "Sou péssima nisso."

"A diferença entre ser boa e péssima em alguma coisa é o nível de interesse", Carol diz. "Quer aprender?"

"Quero."

"Vamos fazer macarrão com limão e ricota e salada de tomate."

Já comi esse prato inúmeras vezes, em uma mesa muito diferente, a milhares de quilômetros de distância. Mas nunca aprendi a fazer. Até agora. Ela se ofereceu para me ensinar? Ou eu que nunca me sentei para ouvir e acompanhar?

Tomo um gole de vinho.

Carol põe Frank Sinatra para tocar e sou imediatamente transportada para a casa dos meus pais em Brentwood. Tony Bennett no aparelho de som, meu pai servindo vinho, minha mãe cozinhando. O aroma de alho, manjericão e lavanda.

A paz que se espalha dentro de mim é tão densa que sinto que posso vê-la.

"Você é boa com a faca?", Carol me pergunta.

"Razoável."

Ela sorri e balança a cabeça. "Eu fico com a cebola e você cuida do tomate." Carol me passa uma tábua, uma faquinha de serra e uma tigela cheia de tomates em rama recém-lavados. "O segredo é usar faquinha de serra e recolher os dedos." Ela demonstra para mim.

"Adoro essa música", digo.

Carol fecha os olhos por um momento e cantarola. Está tocando "Moon River".

"Eu também. Quando era mais nova, meu pai só ouvia Frank Sinatra."

"Vovô gostava de Frank Sinatra?", digo sem pensar. Me lembro dele como um homem estoico. A ideia dele ouvindo música romântica soa estranha.

Carol me olha com curiosidade.

"Meu avô gostava de Frank Sinatra", digo, corrigindo a entonação.

Ela assente. "Acho que ele usava a música pra encher a casa de vida depois que minha mãe se foi."

"Entendo", digo.

Carol continua olhando para mim, e eu noto alguma coisa familiar em seus olhos. A tristeza e a dor de ser uma filha sem mãe. Ela nunca permitiu que eu visse isso, mas aqui não sou sua filha. Sou só uma amiga.

"Me fala dela", digo.

Nunca perguntei sobre minha avó. Nunca pedi que contasse sobre o tipo de mãe que minha avó havia sido, o que havia significado para ela. Agora parece absurdo eu nunca ter feito isso. E reconheço que fui egoísta. Ela provavelmente queria falar a respeito. Eu poderia ter lhe oferecido a oportunidade de compartilhar.

Carol pega uma cebola e começa a descascar. "Minha mãe era muito engraçada." Ela dá risada, recordando alguma coisa. "Adorava pregar peças nas pessoas. Guardava cream cheese no armarinho de remédios do meu pai, no lugar da pasta de dente ou da espuma de barbear."

"Ela era severa?"

"Não!", Carol quase grita. "Não, ela era o oposto. Nunca levantava a voz, nunca ficava brava, por mais enérgica que fosse. Me deixava comer chocolate de manhã. Gostava de brincar. Era divertida."

Carol Silver nunca serviria chocolate de manhã. No entanto...

Eu me lembro de nos aniversários tomar sorvete de banana feito em casa, com uma série de coberturas à disposição. Incluindo gotas de chocolate.

"Deve ter sido difícil perder sua mãe", digo. "Você era tão nova."

Ela tira os olhos da cebola, pensativa. "Foi mesmo", minha mãe diz. "Ainda sinto saudade dela, todo dia."

"Entendo."

Trabalhamos em silêncio por um momento. De repente, aqui está, bem na minha frente. Tenho que contar, tenho que dividir isso com ela.

"Minha mãe morreu", digo. "Recentemente. Muito recentemente, na verdade. Algumas semanas atrás."

Carol continua picando com uma precisão inabalável.

"Sinto muito por isso. Você disse que tinha perdido alguém próximo. Não sabia que estava falando da sua mãe."

Assinto.

"É por isso que está aqui?"

"Era pra gente ter vindo juntas."

Carol limpa a faca, enxuga o canto de um olho na manga e põe toda a cebola picada em uma frigideira com azeite.

"Ela era a melhor", digo. "Era tudo pra mim. Se saía bem em tudo que fazia. Uma mãe de verdade, real. Trabalhava como decoradora, que nem você."

Carol rala o limão e transfere as raspas para uma tigelinha de madeira.

"Do que ela gostava?"

"De cozinhar", digo. "Pra começar."

Carol ri. Toma um gole de vinho.

"Ela conseguia fazer qualquer coisa. O frango assado perfeito, torta de limão com suspiro. Quase não usava receita. Adorava uma boa e velha camisa branca, chapéus de aba larga e uma viagem bem planejada."

"Parece uma mulher maravilhosa."

"Ela era mesmo."

Carol enche uma panela de água, acrescenta um punhado de sal e põe para ferver. Então vira para mim. "E o que ela achava do seu casamento?"

Ela continua olhando para mim. Baixo os olhos para os tomates que ainda tenho que cortar. "Não sei", digo. "Cometi o erro de nunca perguntar. Talvez porque soubesse o que ela ia dizer."

Carol apoia os cotovelos na bancada e se inclina na minha direção. "Acho que você ainda sabe."

Penso em Eric na sala dos meus pais, tantos anos atrás, pedindo minha mão.

"Acho que ela achava que eu não estava pronta", digo. "Que era compromisso demais pra alguém de vinte e cinco anos."

"Casar?"

Faço que sim com a cabeça.

"Mas o que ela achava do seu marido?"

Olho para Carol agora. Tão parecida com ela. A expressão preocupada, as sobrancelhas juntas em uma demonstração de solidariedade, apoio.

"O que você me diria?", pergunto a ela.

Carol nem pisca. Nem uma molécula se altera em sua expressão. "Eu diria que ninguém conhece seu casamento ou seu coração melhor que você."

Ela volta a se virar para o fogão. A água está chiando, dançando. De algum lugar atrás de nós, Sinatra canta.

I did it my way.

Vinte e três

O macarrão está cremoso e azedinho. A pancetta, salgada e gordurosa. Os tomates são gordos e doces. Tem vinho e depois bolo de chocolate com açúcar polvilhado por cima e morangos frescos. É uma sobremesa que conheço bem, uma sobremesa que ela me fez inúmeras vezes, uma sobremesa que me reconforta enormemente hoje à noite. Era o bolo das ocasiões especiais. Carol Silver não acreditava em sobremesa todo dia. Com o passar do tempo, a alimentação dos meus pais se tornou quase toda vegetariana, ainda que os hábitos fossem mantidos. Noites especiais continuaram envolvendo chocolate.

Nos acomodamos no chão diante do sofá, com nossas taças de vinho e pratos na mesa de centro.

"Me conta sobre seus planos pro hotel", digo.

"O Sirenuse?"

Faço que sim com a cabeça.

"Na verdade, já tive uma primeira reunião, e correu tudo bem." Ela parece um pouco envergonhada. "Eles querem que eu volte."

"Uau", digo. "Isso é ótimo." Sinto uma pontada no estômago, mas ignoro. "Quer me mostrar? Eu adoraria ver no que você está pensando."

Carol sorri. "Só se você prometer não me julgar."

Pensar na minha mãe insegura é engraçado, por isso dou risada. "Está brincando?", digo. "Você é a pessoa mais confiante que conheço. Tenho certeza de que o quer que esteja fazendo, vai ficar ótimo."

"Obrigada."

Carol desaparece no quarto, depois volta com uma caixa de madeira, comprida e baixa, parecida com uma gaveta. Ela abre a tampa e tira alguns papéis de dentro — são rascunhos, toneladas deles. Folhas soltas rabiscadas a lápis.

"Bom, a primeira coisa que você precisa saber é que o Sirenuse é lendário. Itália clássica, Velho Mundo. O lugar mais luxuoso de Positano. Ainda preciso te levar lá."

"O cara do meu hotel me levou ao San Pietro algumas noites atrás", digo. "Você já foi lá?"

Carol sorri. "É lindo lá, mas parece outro mundo."

"Verdade."

"O Sirenuse *é* Positano. São duas experiências completamente diferentes."

"Você disse que queria que o lugar parecesse mais mediterrâneo", lembro.

Carol aperta os olhos para a papelada. "É, mais ou menos. Aqui, vou te mostrar."

Ela abre uma planta na mesa. Do hotel.

"Aqui é a entrada." Carol deixa a taça de vinho de lado e aponta, virando o papel. "Quem chega por estas portas dá de cara com esse saguão entulhado de coisa."

"O tal do cavalo."

"Isso! O infeliz do cavalo. Seguindo em frente, chegamos ao terraço, que deve ser o lugar mais bonito de toda a cidade. Você nem precisa beber, pode só ficar ali. E tem um restaurante chamado Oyster Bar."

"Parece chique."

Carol faz que sim com a cabeça. "E é. Muito chique. Espumantes caros, o pacote completo. Eu lembro de mim mesma lá, aos cinco anos. Bom, acho que seria interessante trazer um pouco de luz natural para o saguão. Abrindo só esta parede aqui" — ela circula a parede com o indicador — "a entrada ficaria parecendo um terraço bem grande. E as pessoas seriam recebidas pelo mar, em vez de otomanas."

Penso na nossa casa. No modo como a cozinha está integrada ao pátio de trás. Nas janelas grandes. Na sensação de acolhimento, natureza, luz. Todo mundo que nos visitava se apaixonava pela casa. Era ali que minha mãe fazia festas de aniversário e jantares comemorativos. Era ali que preparava o sabá, para quem aparecesse. Foi no gramado que fizemos tanto meu bat-mitzvá quanto minha festa de noivado — sob uma tenda cheia de seda, estrelas, rosas e velas.

"Parece incrível", digo.

"Eles vão ouvir as propostas entre amanhã e quinta-feira", ela diz. "Sei que é besteira, de verdade. Não sou italiana, não tenho treinamento profissional. Mas sinto que consigo dar conta. Sinto que tenho uma chance. Parece ridículo, né? Eu pareço ridícula."

Balanço a cabeça. "Nem um pouco."

Ela olha para sua taça de vinho. "Mais?"

"Sim, por favor."

"Quer um chá também?"

"Quero", digo. "Mas posso fazer."

"Se você não é muito boa na cozinha, ferver água deve ser sua especialidade."

"A única."

Carol sorri e toca meu braço. "Tenho certeza que isso não é verdade."

Eu a deixo na sala e vou para a cozinha. Ponho a chaleira no fogo. Abro os armários. Tem três tipos de chá: verde, inglês e hortelã.

Pego três saquinhos. Ponho dois no dela, porque sei que gosta assim. Então pego um quarto e ponho dois no meu também. Depois que a água ferve, encho três quartos das xícaras.

"Prontinho", digo, deixando a xícara quente na mesa de centro.

Carol dá uma olhada dentro. "Dois saquinhos de chá de hortelã", ela diz. "Como você sabia?"

Dou de ombros. "É como eu tomo também."

Sopramos os chás em silêncio.

"Agora me conta do cara do hotel", Carol pede.

Tomo um gole do chá pelando. Fica mesmo melhor com dois saquinhos, ela tem razão. "Ele é americano."

Carol inclina a cabeça de lado. "E? O que está rolando? Você tem passado bastante tempo com esse cara. Disse que ele te levou ao San Pietro. É um lugar romântico."

"Não está rolando nada", digo, mas não é verdade, claro. Aqui está minha mãe, viva, presente. Se eu não for sincera agora, nunca mais poderei ser. "Tipo, a gente se beijou."

Carol arregala os olhos. "Agora estamos avançando."

Deixo a xícara de lado e coço a testa com os dedos quentes.

"Não sou divorciada. Nem estou separada de verdade, acho. Só disse a Eric que precisava de espaço nessa viagem."

"Isso importa?"

Mãe!, quero dizer. Mas, em vez disso, digo: "Carol!".

"Desculpa, mas eu tinha que perguntar. Você disse que não sabe se é feliz. Ver se você pode ser feliz em outro lugar não é uma boa maneira de descobrir?"

"Não sei se é assim que funciona."

"Talvez devesse ser."

"Eric é uma boa pessoa", digo. "Não merece isso. Sinceramente, não sei o que me deu."

Penso nas mãos de Adam nas minhas costas aquela noite na piscina. Penso em como ele me olhou na beira d'água. Na viagem para Capri e na tarde em Nápoles.

"Talvez nossas ações só tenham o peso que damos a ela", Carol diz. "Podemos decidir o que qualquer coisa significa."

Olho para minha xícara. O chá está tão forte que fica quase opaco. "Não acho que seja verdade."

Carol assente. "Acho que isso não importa, porque claramente você acha que traição é uma coisa imperdoável."

"E não é?"

Carol levanta os ombros quase até as orelhas, devagar. "Não sei. É?"

"Fazemos votos, prometemos coisas. Acho que eu não seria capaz de perdoar Eric se ele fizesse isso comigo."

"Talvez Eric não exista agora."

"Como assim?"

"Talvez essa viagem não tenha nada a ver com ele. Talvez não seja uma questão de amar ou não, de seu marido ser uma boa pessoa e um bom marido ou não, de merecer ou não isso. Talvez só tenha a ver com você."

Olho para minha mãe, para Carol, aqui, sólida, embora seja impossível.

"Acha que isso é verdade?"

Carol pisca uma única vez, devagar. "Você sabe que boas pessoas fazem escolhas ruins." Ela olha para a própria xícara. "Boas pessoas fazem coisas ruins o tempo todo. Isso as torna ruins também?"

Carol continua encarando o chá. Eu a vejo engolir.

"Você está bem?", pergunto.

Ela confirma com a cabeça. "Sim, sim, claro. É só minha

opinião, não sei se vale alguma coisa. Não acho que ações ruins tornem uma pessoa ruim. Acho que a vida é muito mais complicada que isso, e que pensar de outra maneira é simplificar muito as coisas."

Essa é a Carol que eu conheço: com uma opinião sobre tudo.

Ela se alonga um pouco. "Vou recolher esses pratos."

Carol se levanta e começa a empilhar os pratos que estão na mesa de centro.

"Eu te ajudo", digo.

Pego um. O que resta de alho e azeite nele escorre direto para o meu vestido, penetrando a seda.

"Merda."

"Ah, não!", Carol diz. "Seu vestido tão lindo!"

"Vou secar", digo. "Você tem talco?"

"Talco?", Carol repete.

Eu levanto. "Dá pra pôr um pouco em cima e deixar. A maior parte deve sair."

"Como você sabe disso?"

A pergunta me assusta. *Você me ensinou.* Mas não, ela não me ensinou. Carol não me ensinou. A verdade é que, neste momento, eu estou ensinando a ela.

"Minha mãe fazia isso", digo a ela.

Carol segura uma taça de vinho contra o peito. "Claro. A mulher que sabia tudo." Ela sorri.

"Onde fica o banheiro?", pergunto.

Ela aponta com a mão livre. "À direita, passando o quarto. Deve ter talco no armário. Vou pegar alguma coisa pra você vestir."

"Obrigada."

Carol vai pra cozinha. Ouço os pratos batendo e a torneira abrindo. Vou para o banheiro.

203

Tiro o vestido por cima dos braços. Remove o excesso de gordura do tecido com uma toalha de mão, encontro o talco e aplico uma camada generosa. Enquanto lavo as mãos, noto os produtos de higiene e beleza de Carol na pia. Alguns vão ser testados e aprovados — como o hidratante Aveeno, que ela usou até o fim. Outros serão abandonados depois. Pego o vidro dourado de perfume e sinto o cheiro. Madressilva.

Quando abro a porta, ouço Carol na cozinha, a torneira aberta. Entro em seu quarto. Vejo as roupas que ela deixou na cama para mim — uma camisa e um short de amarrar. Dobro a toalha em que estava enrolada e visto a roupa. Tem o cheiro dela. Eu estou com o cheiro dela. Penso nas peças que continuam no armário de Brentwood, esperando que ela volte para casa.

Tem uma cama de casal no quarto, com lençóis de linho branco. À esquerda, a cortina balança ao vento. Tem alguns vestidos pendurados no guarda-roupa. Coloridos, floridos. Um de linho azul. Reconheço um par de sandálias roxas de amarrar nos tornozelos.

Perambulo pelo quarto, tocando tudo de leve, com cuidado. Não quero perturbar as moléculas no ar. Parece que estou num museu, que ela saiu trinta anos atrás para comprar café ou tomate, ou para mandar uma carta, e nunca voltou. Talvez seja isso mesmo. Um instantâneo.

Uma rajada de vento faz a janela bater na parede. Faz um ruído alto, e vou até lá para me certificar de que não quebrou. Está tudo bem. Parece que uma tempestade está se formando lá fora. A noite fechou. O vento está forte.

Fecho o vidro e a proteção de segurança. Quando estou me virando para voltar para a cozinha, vejo um porta-retratos. Na mesa de cabeceira, em cima de um livro. Reconheço a moldura. Pequena, prateada. Está na casa dos meus pais, na mesa de cabeceira da minha mãe, há trinta anos.

Pego o porta-retratos. Meu coração bate acelerado. Não é possível. Não pode ser.

A bebê olha de volta para mim. Está usando um vestido amarelo e um gorro com detalhes em renda. E ri.

"Tudo bem aí?", Carol pergunta.

Não respondo. Não consigo. Tem uma gravação na parte de baixo da moldura. Passo o indicador pelas palavras que conheço tão bem, porque pertencem a mim.

Katy Silver.

A mulher na cozinha já é minha mãe. Ela já é minha mãe, e me abandonou.

Vinte e quatro

Sinto os dedos dormentes, a garganta coçando como se pegasse fogo. Ouço vagamente Carol à porta.

"Ei", ela diz, "acho que vai chover. A gente podia..."

Eu viro e estendo o porta-retratos. A expressão de Carol muda. Seus olhos descem para minhas mãos e voltam ao meu rosto.

"O que é isso?", pergunto.

Ela solta o ar e cruza os braços. "Não te contei tudo sobre a minha vida."

"Tipo que você tem a porra de uma filha?"

Eu a pego de surpresa. "Isso", ela diz. "Tenho uma filha. Ela tem o seu nome. Katy. Tem seis meses." Carol sorri e uma ternura calorosa e familiar se espalha por seu rosto. Acho que vou passar mal.

"Você está aqui", digo.

Carol assente. "Preciso pensar um pouco. Eu não..."

"Você foi embora?" Estou praticamente gritando. "Você me deixou?"

Estou histérica. Minha mãe. Minha mãe, que cuidou de cada arranhão e machucado meu, que colocava compressas frias na minha cabeça quando eu ficava doente e me fazia chá de raiz de lavanda, que tirava fotos de absolutamente tudo. Que sabia qual era o Band-Aid que ficava grudado até no cotovelo e no tornozelo, que sempre fazia torradinha com alho e manteiga quando eu pegava gripe. Que cortou meu cabelo pela primeira vez, no jardim, que me comprou sapatilhas de balé no meu aniversário de três anos. Que sabia exatamente como me tocar para me fazer sentir amada e protegida. Minha mãe, de cujo calor sinto falta todos os dias, muita falta. A mesma mulher que está aqui agora. A mesma mulher que me abandonou.

"Você? Olha, Katy, isso não é da sua conta."

"Como pode dizer isso?", pergunto a ela. "Não está me vendo?"

Corro para ela. Jogo o porta-retratos na cama e a pego pelos ombros. Ela arregala os olhos, mas não a solto. "Sou eu. Katy. Sou ela. Vim pra Itália porque íamos vir juntas, aí você morreu, simplesmente morreu, e estou perdida sem você. Nem sei mais quem sou. Aí você apareceu, como um milagre. Apareceu aqui. Você sempre me falou do verão que passou na Itália, e eu concluí que tinha sido antes do meu nascimento. Antes de se casar. Seria de esperar que você..."

Estou chorando demais para continuar a falar. Meu corpo se contorce em soluços.

Carol se solta de mim. "Não sei do que está falando, mas acho que é melhor ir embora."

"Como você pode ter partido?", pergunto. "Ela é só um bebê. Precisa de você. Como pode ficar aqui, farreando com *Remo*?"

"Já falei que não estamos juntos."

Passo por ela e vou para a sala. Pego minha bolsa no sofá.

Carol me segue. "Não se deve julgar a situação de uma pessoa até passar por ela", Carol diz. "Amo minha filha e amo meu marido. Não sou eu que estou traindo."

Sinto as palavras dela como um soco na alma. Eu me viro para encará-la.

"Desculpa", Carol pede. "Eu não deveria ter dito isso."

Olho para ela. Minha mãe. Minha amiga. Fui traída por ambas.

"Como pôde fazer isso?", digo. "Só um monstro abandonaria um bebê."

Vejo a dor em seus olhos. Mas não me importo. Agora ela é uma desconhecida para mim, alguém que não reconheço. A mulher que eu acreditava que tinha recuperado se foi.

Carol só fica ali, perplexa, enquanto vou embora. Fecho a porta atrás de mim e saio correndo. Escada abaixo. Sinto alguma coisa arranhar meu calcanhar, uma pedra, sinto um fio de sangue. Deixo que escorra.

Caio e me levanto. Meu joelho sangra. Alguém grita de algum lugar atrás de mim. "*Signora! Signora!*" Continuo correndo.

E então o céu se fecha e começa a chover. Não uma garoa leve, mas uma tempestade completa. Baldes e baldes de água. E eu continuo correndo. Volto para o hotel e entro. Quero ir para algum lugar onde ela não possa me achar. Quero ir para algum lugar onde não tenha que encarar essa realidade impossível e traiçoeira que, em um único instante, provou que toda a minha vida é uma mentira. Não consigo lidar com o que sei que é verdade: que minha mãe mentiu para mim, minha mãe me abandonou. Que ela dançava, bebia e ria enquanto sua filha estava em outro continente. Que essa mulher que supostamente era minha amiga mentiu sobre a coisa mais importante em sua vida. Que não conheço nenhuma das duas.

Estou ensopada. Minha camisa — a camisa dela — e o short grudam na pele como plástico-filme.

Carlo está na recepção. Eu o ignoro e vou para a escada. O elevador não está no andar, por isso continuo subindo, mesmo estando sem fôlego e pingando. Sigo depressa pelo corredor e estou quase no quarto quando sinto um braço me segurar. De repente, Adam está ali, ao meu lado.

Ele olha para mim, ofegante, ensopada. "Você está bem? Não atendeu quando liguei no seu quarto. Achei que talvez quisesse jantar e..."

Adam nem conclui a frase porque em um instante meus lábios estão nos dele e eu o beijo.

Sinto sua confusão inicial, então seu corpo gruda no meu. Seus lábios pressionam os meus, suas mãos enlaçam minha cintura. Ele me beija com uma intensidade que me é estranha, diferente, nova. Fico perdida no momento. Não quero encontrar o caminho para casa.

Adam recua um pouco, mas mantém as mãos firmes na minha cintura.

"Ei", ele diz. "Você está bem mesmo?" Seus olhos procuram os meus.

"Não", digo. Estou sem fôlego. De ter corrido, da chuva, dos beijos. Pego a chave do quarto e abro a porta. "Quero que você entre."

Ele assente. "Tá."

Do quarto, ouço a chuva castigar o terraço. As portas da sacada estão fechadas, mas a cortina está aberta. Atrás de mim, a porta se fecha.

"Vem aqui", Adam diz. Não é um pedido: é uma ordem, e eu obedeço.

Vou até ele e enlaço seu pescoço. Enfio as mãos em seus cabelos e puxo os cachos macios. Ele chupa meu lábio inferior, puxando meu corpo cada vez mais contra o seu.

"Tira isso", digo a ele, puxando a camisa de Carol. Quero

essa roupa longe de mim. Quero me livrar de tudo o que é dela.

"Espera." Adam beija meu pescoço e minha cabeça cai para trás, na palma da sua mão. Ele começa a desabotoar minha camisa, devagar, parece tortura. A cada botão aberto, Adam se inclina e beija a pele por baixo, até a camisa ser jogada no chão.

Ele se agacha, fica aos meus pés, desamarra o cordão do short e o deixa cair. Então beija a pele da parte interna da minha coxa esquerda. Meus olhos se fecham.

"Você é sexy pra caralho", ele diz. "Abre os olhos."

Eu abro. "Repete isso."

Adam se levanta. Leva a boca ao meu pescoço e sussurra no meu ouvido, bem devagar: "Você é sexy pra caralho".

Trago seus lábios aos meus.

"O que você quer?", ele pergunta na minha boca.

"Mais", digo.

Adam leva as mãos aos meus braços, depois as desloca para a lateral do meu corpo, pressionando o dedão na curva do osso do quadril. Solto o ar. Tento pegar seus dedos, mas Adam se inclina para trás, leva as mãos ao meu peito e acaricia logo abaixo das clavículas, de um lado a outro.

Pego a mão dele e a espalmo na minha barriga. Sinto meu coração bater em todo o corpo.

Sua mão parece quente contra minha pele fria. Inspiro. Ele não move nem um músculo. Então substitui a mão pelos lábios. Beija minha barriga, enlaça minha lombar e me põe na cama.

Estendo o braço e o agarro. Desaboto sua camisa e a tiro. O resto de nossas roupas também se vai.

De repente ele está em cima de mim, nu.

Já devo ter sentido isso, já devo ter habitado meu corpo dessa maneira, mas não lembro.

Levo os lábios ao ombro dele. Vou trilhando um caminho de mordidas por sua pele. Adam se move em cima de mim, então sinto sua mão debaixo de nós, espalmada contra minhas costas.

Arqueio o corpo contra o dele. É como se alguma coisa, outra pessoa, assumisse o controle.

"Beija o meu pescoço", digo a ele.

Seus lábios roçam pela minha clavícula e pressionam a pele logo abaixo da orelha.

Agarro suas costas. A mão que está embaixo de nós desce, agarrando a carne abaixo das minhas costas.

Ergo as pernas e envolvo o corpo de Adam com elas. É como se eu estivesse pegando fogo, como se fosse voltar ao pó.

"Me vira", digo a ele.

Adam olha para mim, me beija e rola comigo. Seguro suas mãos acima da cabeça e começo a fazer movimentos circulares com o quadril. Ele continua me olhando, curioso e intenso ao mesmo tempo. Tudo parece estrangeiro. Tudo parece diferente.

Fecho os olhos. Suas mãos escapam das minhas e encontram meus quadris. Ele me puxa para baixo, com força. Então faz isso de novo, de novo, de novo. Agarro seus ombros, depois os lençóis à nossa volta.

Nunca fiz sexo assim. A sensação é de que nunca fiz sexo. É como se até agora eu tivesse vivido sob a superfície, observando os reflexos acima sem ter ideia de que barcos, pessoas e pássaros não eram apenas imagens borradas, mas coisas reais, tangíveis. Tudo não passou de um espelho, tudo o que vi era uma imagem distorcida, refletida. Nada era real.

Desmorono em cima dele. Meus olhos se fecham, minha pulsação parece um raio laser entre nós.

"Puta merda", Adam diz quando acaba.

Não digo nada. Só consigo sentir esse momento que se contrai rapidamente. Tudo que era antes evapora.

Vinte e cinco

Adam pega no sono. Ouço seu ronco tranquilo ao meu lado. Quanto mais o barato do sexo passa, mais sinto o impacto da realidade do que acabou de acontecer, do que acabei de ver.

Minha mãe foi embora. Carol foi embora. Ela mentiu para mim. Não apenas aqui, nesta viagem, mas ao longo de toda a minha vida, em tudo o que fez. Ela me disse que tinha todas as respostas, que sabia tudo. Tornou minha vida um reflexo da dela. Mas ela não sabia nada. Não tinha todas as respostas. Aqui está ela, na Itália, cantando, bebendo, esquecendo. Ela me criou à sua imagem, só que esqueceu a parte mais importante. Esqueceu que, um dia, iria embora, que já tinha feito isso, e que eu ficaria sem nada. Quando se é apenas um reflexo, o que acontece quando o real desaparece?

Visto um roupão e vou para a sacada. A tempestade passou e agora nem chove mais. O ar parece leve e renovado. Penso naquela noite, a última, para a qual eu jurei que não voltaria.

Eu sabia que o fim estava próximo, porque tinham me avisado. Os enfermeiros que iam e vinham sabiam quando o tempo estava se esgotando. Podia levar dias ou horas, me disseram. Melhor ficar por perto.

A gente tinha se mudado. Se instalado no quarto dela.

Fazia dias que minha mãe não deixava a cama retrátil. Não tínhamos aonde ir.

Meu pai passava os dias na poltrona ao lado dela. Trocava o canudinho depois de cada gole dela e mantinha gelo em uma tigela, mesmo que derretesse sem ser usado. À noite, ele ia para a sala e pegava no sono assistindo a antigos episódios de *Três é demais*, *Friends* ou o que quer que estivesse passando na tv.

Eu perambulava pela casa. Às vezes pegava no sono no meu antigo quarto, às vezes no tapetinho que fica ao lado da banheira. Eric ia e vinha, o único prisioneiro com permissão para sair.

Tenho vergonha de dizer que naquelas últimas semanas eu não queria ficar com ela. Ficava, o tempo todo, mas odiava. O que a doença tinha feito com ela me constrangia. Como a tinha reduzido a um fragmento de seu antigo eu. Ela não conseguia erguer a cabeça nem para beber água, se agitava e se irritava na hora dos remédios. A doença a tornou hostil, eu senti essa hostilidade bater fundo dentro de mim.

Por meses, uma fúria silenciosa me habitou. Borbulhava fazia tempo e, naquela noite, a última noite dela, uma brasa saltou e o fogo pegou. Era como se eu pudesse queimar a casa inteira.

Ela respirava com dificuldade. Lutava por ar. Eu olhava para ela com fúria, talvez até maldade. Queria me deitar ao lado dela e cortar os pulsos. Queria bater com um travesseiro na cabeça dela. Queria fazer qualquer outra coisa que não estar ali, naquele cômodo, com ela.

"Katy", ela sussurrou. Eu me inclinei para mais perto, mas era só aquilo mesmo, a pergunta e a resposta, Katy.

Foi a última palavra que ela me dirigiu. Um lembrete

da minha própria singularidade, a impossibilidade do meu nome sem o dela.

Como ela pôde fazer isso comigo? Como pôde me dizer ano após ano que estava tudo bem, que eu não precisava saber, não precisava ter todas as respostas, porque tinha ela? Como pôde se tornar tão indispensável, parte tão importante da minha vida, meu coração, como pôde se entremear de tal maneira em quem eu sou, só para depois ir embora? Ela não sabia? Não sabia que um dia eu ficaria sem ela?

Mantive o rosto perto do dela, segurei sua mão, o tempo todo pensando, enquanto a acompanhava até o outro lado: *Como vou chegar lá sem você? Por que não me contou quando ainda podia?*

De pé na sacada em Positano, com o mundo recém-lavado, sinto a emoção voltar a crescer dentro de mim. O fogo, a raiva. Só que agora misturada com dor. Misturada com todas as coisas que não vi, porque não podia, todas as coisas em que acreditava, porque ela havia me dito que eram verdade.

Mãe, penso. *Carol. Como pôde? Ela é só uma criança.*

Vinte e seis

Quando acordo depois de uma noite de sono agitado, sinto certo entorpecimento. O sol está brilhando e as portas da sacada estão abertas, revelando que a manhã já chegou. Então os eventos da última noite me atingem no esterno com tudo. Levo as mãos ao peito e aperto, como se tentasse parar o fluxo de sangue do corpo. Então essa é a sensação de ver o mundo tal qual ele é. Essa é a sensação de estender a mão e não encontrar nada.

Ao meu lado, Adam ainda dorme, nu. Noto os arranhões — meus arranhões — em suas costas.

Ele se mexe. Abre um olho. "Ei."

Eu sento, puxando o lençol sobre o corpo. "Oi."

Adam se espreguiça, estende um braço na minha direção e acaricia meu joelho. "Que horas são?"

Dou uma olhada no relógio na mesa de cabeceira. "Quinze pras nove."

"Merda."

"Está atrasado?"

Ele procura as roupas e se veste depressa. "Estou, desculpa. Merda. Preciso tomar um banho. Tenho que estar no Sirenuse em meia hora."

"Pra quê?"

Adam olha para mim e para o que está fazendo. Apoia um joelho na cama e se inclina para a frente. "É só uma reunião."

"Adam", digo, devagar. "Está pensando em comprar aquele hotel?"

"Nem está à venda." Ele pega a camisa e a veste.

"Não foi o que eu perguntei."

"É só uma reunião." Ele calça um sapato. "Eu disse que ajudaria alguém que conheço."

"E quanto ao Poseidon?", pergunto. "Nika me disse que eles estão em dificuldades. A negociação acabou?"

"Marco é teimoso. O que posso fazer? Roubar o lugar do cara?"

"Fala com ele."

"Eu falei. Olha, preciso voltar pra casa com alguma coisa. Quero fazer isso. Preciso de uma desculpa pra continuar voltando." Ele me dá uma piscadela, mas parece vazia. Uma muleta. Como se tivesse feito isso muitas vezes.

"Amar o hotel e tudo aquilo que você me disse sobre este lugar parecer um lar não basta?"

Adam suspira, depois senta. "É tudo verdade, tudo mesmo. Amo este lugar. O dinheiro conta, mas a vontade dele também conta. Se não quer vender, não quer vender." Ele encontra o outro sapato e o calça. "Tenho que correr, mas podemos almoçar depois? Te encontro no Chez Black, na marina. Aí conversamos melhor." Ele aponta para a cama. Está falando do que aconteceu aqui.

Faço que sim com a cabeça. "Tá."

Adam se inclina para mim. Leva os lábios aos meus, depois beija minha bochecha. "Te vejo logo mais."

"Que horas?"

"Às duas?"

"Tá." Adam me dá outro beijo na bochecha e vai embora.

Quando a porta se fecha atrás dele, sinto uma estranha calma. Nada de cacofonia mental. Não penso em Eric, embora devesse. Não penso nem na minha mãe. Só penso em Carol. Penso na mulher de trinta anos em seu apartamento na Itália, a um mundo de distância de sua bebê.

Preciso encontrá-la. Só tenho certeza de uma coisa, a única verdade que consigo identificar agora, a única coisa real: Carol precisa ir para casa.

Visto um short jeans e uma camiseta e calço a Birkenstock rosa. Cumprimento Carlo e pego uma garrafa de água do saguão. Faço o caminho que agora me é familiar, subindo os degraus.

Agora sei onde ela mora. Estive lá ontem à noite, antes que o mundo todo mudasse. Até agora, não podia ir encontrá-la — o tempo todo que estou aqui foi ela quem sempre me encontrou —, mas agora posso. Agora é diferente.

Chego ao lugar onde a escada se divide e vejo a porta turquesa. À luz do dia, a cor parece desbotada, mais para um azul gasto. Por um momento, sinto a natureza prática de nossas realidades no estômago. As dúvidas se acumulam. *Isso é possível? Em que realidade ela está? Vou encontrá-la aqui e agora? Ou ela está perdida em sua época? Será que ela está lá dentro?*

Bato. Uma, duas vezes. Ninguém atende. Tento a maçaneta, mas a porta está trancada. Espero aqui fora. Tento de novo. Nada.

Penso nas minhas opções: ficar esperando ou voltar para o hotel. Então uma terceira me ocorre. E é a opção certa, a opção verdadeira. Sei onde ela está. Sei onde posso encontrá-la.

Começo a subir. Minha sandália escorrega, e eu firmo os dedos dos pés nela. Deveria ter vindo de tênis, mas isso não importa agora. Eu subo, subo, subo.

Conforme avanço, sinto sua presença. Sei que ela já deu cada passo que dou, tenho certeza. Ela esteve aqui há trinta anos ou quinze minutos. Abriu o caminho. Em algum lugar no tempo, ela está caminhando, em algum lugar no tempo, estou caminhando também, e vamos nos encontrar neste caminho. Vamos estar aqui juntas.

E dito e feito, quando estou subindo a última escada e chegando ao Caminho dos Deuses, eu a vejo.

Está de vestido, tênis e chapéu, com uma camisa de linho amarrada na cintura. Ela está de costas, e eu vejo sua nuca, a curvatura de sua cintura. Seu cabelo comprido preso em um coque baixo. Ela levanta um braço e o apoia no topo da cabeça enquanto olha para o mar lá embaixo. O que está olhando? No que está pensando? Será que também está procurando por mim?

Depois que me faço essas perguntas, ela se vira para mim, como em resposta, e me vê. Nenhuma de nós diz nada; deixamos que o reconhecimento passe por nós como a água do banho, desviando, mudando de direção. Ele flui nos dois sentidos agora. Sempre fluiu.

"Oi", ela diz com cautela, mas não exatamente com raiva.

"Achei que fosse te encontrar aqui", digo.

Estamos ambas suadas e vermelhas do sol. Agora que não estou mais em movimento, sinto como os degraus me deixaram exausta. Levo as mãos ao joelho e solto o ar.

"Você está bem?", ela me pergunta. "Ficou um pouco pálida."

"Só estou sem ar", digo.

Ela assente. Cruza os braços. "Podemos sentar." Não é uma sugestão. Fazemos isso.

Carol larga o corpo em um degrau, e eu sento no degrau abaixo. Não tem mais ninguém aqui, no alto. Estamos totalmente sozinhas. Percebo que, com exceção de Adam, nunca vi mais ninguém neste caminho.

Ficamos em silêncio por um momento. Tomo um belo gole da garrafa de água. Finalmente, minha respiração desacelera e eu começo a falar.

"Estou furiosa", digo, tentando não subir muito a voz.

"Eu sei."

"Não", digo. "Acho que você não sabe. Por que não me contou?"

"Não sei", ela diz. "Eu queria. Mas tínhamos acabado de nos conhecer, e você só via uma mulher se divertindo no verão. Eu queria ser essa mulher. Achei que ia me julgar, ainda que nem tanto quanto acabou julgando. Eu não sabia como tocar no assunto."

"No assunto da sua filha?" Olho para meus pés. Estão imundos. "Acho que você não tem noção do que está fazendo com ela. Acho que não tem ideia do que significa."

"Eu não a abandonei", ela diz.

Olho para ela, mas seus olhos estão fixos na marina, no mar. Em outro lugar.

"Não exatamente, pelo menos. Eu sempre quis voltar pra Itália, fazia muito tempo que sonhava com isso... Aí conheci meu marido e engravidei rápido demais. Três meses. Nem sabíamos muito um sobre o outro. Não tenho uma carreira de verdade, ainda sou assistente na galeria..."

Meu estômago revira. *Fazia só três meses que ela conhecia meu pai? Achei que fazia mais de um ano que estavam juntos. E ela quer redecorar o hotel. Será que vai ficar? Será que quer ficar?* Não digo nada. Deixo que fale.

"Casamos porque nos amamos, mas às vezes eu me pergunto se teríamos feito isso se não fosse pela gravidez."

"Mas a gravidez aconteceu", digo. "Vocês têm uma filha."

"Amo minha filha também. Mais que qualquer outra coisa. Mas, quando ela chegou, senti como se tivesse perdido... Como se não soubesse mais quem era. É como se minha antiga vida tivesse acabado. Como se eu estivesse perdida. Eu era a mulher que você conheceu agora. Ainda sou, mas ninguém vê. Talvez eu mesma não veja. Só queria recuperar um pouco disso. Um pouco de quem eu era, de quem eu achava que seria."

"Por isso veio pra cá?"

Um longo momento se passa entre nós. Uma lufada de vento levanta o cabelo suado da minha nuca.

"Em casa", Carol diz devagar, de maneira metódica, como se escolhesse cada palavra e juntasse todas em um de seus famosos arranjos de flores, "sou definida por esse papel. Tem o horário da comida, o horário das compras, no sábado limpo a casa. Meu trabalho..." Ela deixa a frase morrer no ar. "Sei que não é de propósito, mas ele não acha que é tão importante quanto o dele. Não o culpo. Ganho muito mal."

Penso na minha mãe na cozinha, três anos atrás, dizendo que queria que meu pai se aposentasse. Penso em como o trabalho dele se tornou o trabalho dela, penso em como eu nem sabia que não era o que ela queria fazer, em como nunca nem perguntei. Penso em como meu pai muitas vezes via o trabalho de decoradora como um hobby dela. Por quê?

"Olha", digo. "Sei que não vai fazer sentido pra você, e sinto muito pela noite de ontem, de verdade, mas tem que acreditar em mim. Você precisa voltar pra casa. Vai dar um jeito, pensar em alguma coisa, ficar boa nisso. Você vai ficar boa nisso."

Ela me encara. Com os olhos arregalados. As lágrimas se acumulam e ameaçam escorrer. "Não sou um monstro", ela diz.

E então, apenas pela terceira vez na vida, vejo Carol chorar.

Ela deixa a cabeça cair nas mãos. Os ombros chacoalham em pequenos rompantes.

Passo um braço em volta dela. Apoio a cabeça em seu ombro. Eu a abraço como ela me abraçou inúmeras vezes.

"Você vai ser uma boa mãe", digo. "Uma ótima mãe. Na verdade, já é."

"Não é verdade", ela diz.

"É, sim", insisto.

Carol endireita o corpo. Enxuga os olhos. "Como pode saber disso?", ela pergunta.

Então olha nos meus olhos, e quando o faz é como se soubesse. Por um instante, um momento, um milésimo de segundo. Ela vê. Tenho certeza. Nossa vida se apresenta diante de nós. Todo o amor, toda a dor, toda a conexão. A impossibilidade da perda dela e o que resta. Tudo, no espaço entre nós. Até que ela diz:

"Desculpa. Não estou bem. E vou me atrasar pra reunião no Sirenuse se não for agora. Eles deixaram bem claro que a agenda está lotada hoje, e faz dias que só penso nisso. Não posso perder."

"A reunião é hoje?"

Sinto um friozinho na barriga.

"É", ela diz. "Eu estava tentando desanuviar um pouco antes de ir, mas aí..."

"Com quem é a reunião?", pergunto.

Ela levanta. Espana terra do vestido. Aperta os olhos por causa do sol.

"Um investidor", ela diz. "Acho que o nome dele é Adam."

Vinte e sete

Deixo Carol e desço os degraus correndo rumo ao hotel. Nika está na recepção. Vou até ela, respirando com dificuldade. "Você viu o Adam?", pergunto.

"Ele acabou de sair", ela diz. "Está tudo bem, sra. Silver?"

"Nika", começo a dizer, mas paro. Quero e não quero saber. Estou morrendo de medo, mas preciso de uma resposta. *Agora*. "Em que ano estamos?"

"Como assim?"

"Em que ano estamos? Agora?"

Ela ri, casualmente. Parece ao mesmo tempo achar graça e ficar confusa. "Noventa e dois. Pelo menos da última vez que conferi."

De repente, o ar parece frio na minha pele. *Esse tempo todo.*

Não vou para o mundo da minha mãe quando ela me encontra. Já estou no mundo dela. Adam, Nika, Marco. Todos pertencem ao passado.

Me deixo cair em uma cadeira perto da recepção. Levo a cabeça às mãos.

"Qual é o problema, sra. Silver?", Nika pergunta. "O que está acontecendo?"

Não sei. Não sei nem por onde começar. Minha mãe morreu e me deixou sem instruções. Nada sobre como viver ou quem ser em sua ausência. Agora ela está aqui e quer ficar. Ah, e ontem à noite dormi com um cara que não é meu marido, trinta anos atrás. Qual parte disso tudo *não* é problema?

"Nada", digo. "Nada. Está tudo bem."

"Tá..." Nika ergue uma mão como se tivesse acabado de se lembrar de alguma coisa. Ela desaparece nos fundos da recepção e volta em seguida, com uma carta na mão. "Isso foi devolvido", ela diz. "Sua amiga Carol mandou algumas semanas atrás, mas voltou."

Vejo o selo e o endereço em Los Angeles.

"Pode entregar a ela?"

Nika me passa a carta e eu a enfio dentro da blusa. "Claro, pode deixar. Obrigada, Nika."

Eu viro, subo a escada, pego o elevador e vou para o quarto trinta e três. Deixo a carta na cama. Tomo um banho. Repasso mentalmente o dia. Tudo que aconteceu, tudo que está acontecendo, é incompreensível.

Coloco um vestido e penteio o cabelo molhado. Penso em Carol, neste exato momento, se preparando para a reunião. Não sei se ela me ouviu. Não sei se consegui passar minha mensagem.

Pego uma sandália, a que comprei no Century City com minha mãe, dois anos atrás, em agosto, durante a liquidação do fim do verão. Não gostei na hora. Ainda não gosto. Por que compramos, então? Por que eu trouxe? A sandália é minha. Os pés são meus.

Por isso, não a calço. Escolho uma rasteirinha branca. Olho para mim mesma no espelho. Estou bronzeada, sardenta, até vermelhinha. Não tem outra maneira de colocar: pareço saudável. É assustador, depois de tantos meses de pele solta e afundada.

Pego a chave do quarto e volto a descer. Tenho que ir à reunião. Tenho que me certificar de que Carol entenda. Ela não pode ficar aqui. Essa não é a vida que ela deve ter. Não pode pegar o trabalho, não podem oferecê-lo pra ela.

Entre o momento em que deixei Carol e agora, enquanto desço a escada até o saguão, cheguei a uma conclusão importante. A uma coisa óbvia. A verdade quanto a por que vim e por que a encontrei aqui. Minha missão é mandá-la de volta para casa.

"Olha", digo para Nika quando chego na recepção. "Preciso que faça uma coisa pra mim. É muito importante."

"Claro, sra. Silver. O que precisar."

"Preciso que me diga como chegar ao Sirenuse. Depois preciso que ligue pra eles e peça pra falar com Adam. Diga a ele que estou a caminho e que ele não deve se reunir com ninguém até eu chegar. Ninguém mesmo. Pode fazer isso?"

Nika me olha com curiosidade. "Katy." É a primeira vez que ela me chama pelo primeiro nome. "Você está bem?"

"Vou ficar", digo. "Tudo vai ficar bem. Mas tenho que correr."

Ela assente. "Tá. Desça por essa rua e quando chegar à igreja vire na subida. É uma construção enorme, pintada de vermelho. Não tem como passar despercebido. Caso se perca, pergunte na rua. Todo mundo conhece o Sirenuse."

"Obrigada", digo.

Faço como ela instruiu. Sigo na direção do mar e quando estou quase chegando à marina subo. Do lado direito, na Via Cristoforo Colombo, está o Sirenuse. O hotel fica afastado da rua e tem uma entrada pequena. As paredes externas são de um vermelho profundo e impressionante.

É lindo. Me sinto arrebatada assim que entro. Avalio as mudanças que Carol quer fazer. Avalio o espaço. Na minha opinião, é perfeito. Me pergunto por que sempre queremos mudar tudo. Deveríamos fazer menos isso. Algumas coisas não precisam ser mudadas.

"Com licença", digo à moça na recepção. "Sabe onde posso encontrar Adam Westbrooke?"

Ela franze a testa.

"Tenho uma reunião com ele", digo. "Vim apresentar minha proposta."

Seu rosto se ilumina. "Claro. Eles estão lá embaixo, no restaurante."

Desço a escada e, com o mar às minhas costas, vejo um salão com paredes verdinhas. Adam e dois homens mais velhos estão sentados lá dentro.

"Katy." Adam parece confuso. "Achei que fôssemos nos encontrar às duas na marina. Está tudo bem?"

"Ela já chegou?", pergunto.

"Quem?"

Balanço a cabeça. "Preciso falar com você."

Os homens trocam um olhar. Adam sorri para eles, para tranquilizá-los.

"Não pode esperar até o almoço? Estamos meio ocupados aqui."

"Não", digo. "Desculpa, mas não posso esperar. Ela vai chegar a qualquer momento."

"Quem? De quem está falando?"

"Carol."

"Quem é Carol?", Adam pergunta.

"A decoradora."

"A decoradora?"

Um dos homens diz alguma coisa em italiano que não compreendo. Adam ergue uma mão para eles. "Perdão, só um minuto."

Ele sai do restaurante comigo, rumo ao corredor.

"Recebeu meu recado?", sussurro.

"Não", ele diz. "Que recado? O que está acontecendo?" Adam parece ansioso, preocupado, até um pouco irritado. Neste exato momento, Carol chega pela escada.

Ela olha primeiro para mim, depois para Adam.

"Oi", diz. "Katy... o que está fazendo aqui?"

"Você é a Carol?", Adam pergunta.

Ela confirma com a cabeça. "Sou. Oi." Carol enfia o portfólio debaixo de um braço e estende o outro. Os dois trocam um aperto de mãos.

Carol recolhe o braço e seus olhos voltam a se alternar entre mim e Adam. A pergunta continua no ar: *O que está fazendo aqui?*

Estou te salvando. Estou garantindo que não cometa um erro. Estou garantindo que tudo corra exatamente como deve. Estou fazendo o que você sempre fez comigo: estou te protegendo de uma vida diferente.

Então alguma coisa acontece. A ficha cai. Como um raio. Olho para Carol em seu vestido de linho branco, com suas sandálias de amarrar, pronta para a reunião de seus sonhos, e não vejo minha mãe. Vejo uma mulher. Uma mulher entrando numa nova década que quer ter vida própria. Uma mulher com interesses, desejos e paixões que vão além de mim e do meu pai. Uma mulher muito real, exatamente como parece, aqui e agora.

Quem sou eu para roubar isso dela? Quem sou eu para lhe dizer quem é e quem não é? Não tenho as respostas. Não tenho as respostas da vida dela tanto quanto ela não tem as respostas da minha.

Meus olhos se enchem de lágrimas. Eu as engulo.

"Desculpa", digo. "Eu precisava falar com Adam. Esqueci que tínhamos feito planos pro almoço e..."

"Vocês dois se conhecem?"

"Estamos hospedados no mesmo hotel", Adam diz.

Fica claro na expressão de Carol que ela compreende. E faz um péssimo trabalho em disfarçar. Talvez porque nem queira. Ela me olha com um sorrisinho de lado. *Esse é o cara?*

"A gente se vê no almoço, tá?", Adam diz. "Precisamos mesmo andar logo com isso."

Assinto. "Tá", digo. "Tá bom."

Adam aperta meu antebraço e vira para abrir a porta. Ele a segura para Carol, e os dois entram. Fico no corredor por mais trinta segundos. Então subo a escada. No saguão, alguém toca uma música leve e melodiosa na harpa. Saio para o terraço. A vista de Positano é arrebatadora. É lindo aqui, mágico. Compreendo por que ela quer fazer parte disso. Compreendo por que ela quer ficar. Por que ambos querem. Não há como negar que Positano é incrivelmente especial.

Eu sento a uma mesa no terraço. Um garçom se aproxima. "*Buongiorno, signora.*"

"*Buongiorno.*"

"Gostaria de um drink?"

Ele põe um copo de água na mesa.

"Não, obrigada", digo.

Bebo a água. Está fria e refrescante.

Agora mesmo, no andar de baixo, minha mãe está tendo uma reunião que vai determinar seu futuro, e portanto o meu. Se ela conseguir o trabalho, talvez fique. Vai redecorar o hotel e não vou conhecê-la, não como conheci, não como conheço. O que isso vai significar para mim? Como isso vai influenciar quem me tornarei? É maluquice pensar nisso. Deixo os pensamentos passarem para o mar. *Posa posa.* Pare aqui.

Fico sentada no terraço por mais vinte minutos. Depois

volto para o hotel Poseidon. Subo e me deito no quarto. Depois vou até o cofre no guarda-roupa. Uso a senha e espero que destrave. Dentro estão minhas alianças de casamento e noivado, exatamente como as deixei. Embaixo, meu celular. Eu o pego e ligo para Eric.

O telefone chama — uma, duas, três, quatro vezes. Continua chamando até que ouço um baque como um prego no concreto e a ligação cai. Ele não está lá. Esse não é o número dele.

Seguro a aliança de noivado entre os dedos. Penso naquele dia na cozinha dos meus pais. A lembrança volta com tudo, quase posso sentir seu cheiro. Eric se apoiou em um joelho, ao lado da pia. Tinha comprado meus cupcakes favoritos — em uma padaria pequena de Pasadena, de onde vinham meus bolos de aniversário quando criança —, que estavam na bancada. "Dá uma olhada na cobertura", ele disse.

Eric teve que lamber a aliança antes de enfiá-la no meu dedo.

Verifico o relógio: uma e meia.

Devolvo as alianças e o celular ao cofre, junto com a carta de Carol que Nika me deu. Volto a trancar e dou uma última olhada no espelho. Outra vez, me deparo com uma mulher que não reconheço totalmente, ainda que me pareça mais familiar que qualquer versão que tenha visto antes.

Essa sou eu, penso. Saudável, forte, viva. Por apenas um momento, compreendo. Compreendo o que ela também viu quando olhou para si mesma aqui.

Vinte e oito

Adam está sentado a uma das mesas de frente do Chez Black quando chego, com os pés na areia. Eu o vejo antes que ele me veja — seus ombros largos e seu cabelo quase loiro sob o sol do meio do dia. Está deslumbrante. Ele olha para a frente, para o horizonte, mas parece distraído. Ajeita a camisa, puxando o colarinho.

"Oi", digo.

Adam levanta para me cumprimentar e me dá um beijo em cada bochecha. "Oi. Você está bem?"

Penso no que fiz mais cedo. "Estou. Desculpa por aquilo. Eu não deveria ter aparecido lá. Como foi a reunião?"

Sentamos e Adam enche meu copo de água. "Bom, ela é talentosa. Tem ideias realmente inovadoras. Acho que seria uma ótima escolha."

Meu estômago revira por dentro. "Contrataram ela?"

"Acho que ainda não decidiram. Têm que levar um monte de coisas em conta." Ele me olha enquanto me entrega o copo. "Por quê?"

"Conheço Carol", digo. "Nos conhecemos aqui. É a amiga de quem te falei, que me levou pra jantar. Ela é importante pra mim."

Adam assente. "Gostei da visão dela. Certamente atualizaria o hotel."

O garçom chega com uma garrafa de vinho já aberta. Adam nos serve.

"Então. Sobre ontem à noite."

Penso em sua boca no meu pescoço. No meu corpo nu sob o dele.

"É", digo. "Então. Desculpa se eu..."

Noto pela expressão de Adam que ele está se divertindo. Brincando comigo. Uma parte de mim quer subir no colo dele agora mesmo. "Se você...?"

"... te ataquei." Sinto as bochechas corarem.

"Pode acreditar: o ataque foi bem recebido", Adam diz. "Eu queria que acontecesse o que aconteceu."

Sinto suas palavras me abraçarem. "Eu também."

Olho para este homem que mal conheço. Que me ajudou a voltar à vida aqui. Cuja paixão, cujas ideias e cuja inteligência acho incrivelmente atraentes. Por um momento, penso em como seria me render ao passado e a todos que permanecem nele. Continuar a jantar com Carol, passar as tardes no barco com Remo. Viajar com Adam. Tornar aqui meu mundo, ficar.

"Olha, Adam", digo.

Ele dá risada, mas é uma risada baixa, talvez até meio triste. "Ih. Nada de bom pode vir depois de um *olha*."

"A gente não..."

Como dizer a alguém que vocês estão a trinta anos de distância? Como dizer a alguém que não são da mesma época?

Começo de novo. "A noite de ontem foi ótima, mas preciso repensar grande parte da minha vida neste momento. Tem muita coisa que não te contei."

"Eu sei", ele diz.

"Nunca fiz isso", digo. "Sempre deixei que os outros fizessem por mim. Mas agora quero fazer. Acho que chegou a hora. Posso te perguntar uma coisa?"

"Claro."

Pego meu copo de água. Olho para ele. "O que você quer?", pergunto. "Passamos tanto tempo falando de mim que nunca te perguntei. E gostaria muito de saber."

Adam parece pensativo. Não fala nada por um momento tão longo que consigo dar outro gole e devolver o copo à mesa. "Talvez eu não saiba também. Viajo muito. Adoro, mas é como se eu não soubesse ficar parado. Acho que tem algumas coisas que quero também."

"Tipo o quê?"

Ele olha ao longe, para o restaurante. "Um lar, talvez, se encontrar alguém que me faça querer parar. Um jardim."

Penso na minha mãe, no meu pai, em Eric. Penso nas noites diante da televisão, nos fins de semana jogando jogos de tabuleiro e comendo balas em tigelinhas de vidro. Nas festas de aniversário no pátio. Nas rosas da cerca. Nos decalques de janela para cada feriado. Na minha família.

"É gostoso", digo. "Vale a pena."

Adam assente. "Você sabe o que vai fazer?"

Balanço a cabeça. "Não. Ainda não."

"Mas está começando a entender o que quer." Não é uma pergunta.

Assinto. "Acho que sim."

"Fico feliz", ele diz. "Não consigo acreditar que estamos aqui ao mesmo tempo. A vida é mesmo engraçada."

Capri, Nápoles, a melancia do café da manhã. "Tem sido mágico", digo a ele.

Quando terminamos de almoçar, voltamos para o hotel.

"Vou procurar o Marco", Adam diz. "Preciso ser direto com ele."

"Ei." Toco seu cotovelo de leve. "Calma aí."

"Hum?"

"Você não precisa me ouvir. Digo, não sei por que me ouviria, mas acho que não deve comprar nenhum hotel. Este pode ser só um lugar que você adora. Não precisa ser trabalho. Pode continuar sendo puro, bom, pra um dia você trazer alguém com quem se importa."

Adam abre um sorrisinho. "É um bom conselho."

"Que você vai seguir?"

Ele dá de ombros. "Acho que o tempo dirá."

Adam se despede com um aceno e vai embora. Nika sai de dentro da salinha atrás do balcão da recepção.

"Encontrou Adam?", ela pergunta.

"Encontrei. Olha, Nika, não sei o que vai acontecer com Adam, Marco e o hotel, mas pode me fazer um favor?"

Ela faz que sim com a cabeça.

"Você investe? O hotel investe? No mercado de ações, digo."

As sobrancelhas dela se aproximam. "Tem um cara que cuida das finanças. Em geral é Marco quem fala com ele, mas eu falo também. É por isso que sei que precisamos de Adam."

"Isso vai parecer loucura, mas só confia em mim, tá?", digo. "Pode fazer isso?"

Ela confirma com a cabeça.

"Investe na Apple. Na Starbucks também. Ano que vem, perto do verão."

"Starbucks?"

"Vou anotar pra você."

Pego papel e caneta e anoto mesmo.

"Promete pra mim que vai investir."

Ela assente. "Prometo."

Neste exato momento, Carol aparece à porta. "Oi", ela diz. "Estava esperando encontrar você aqui."

Ela tem um pacote debaixo do braço, que apoia no balcão.

"Carol, você conhece a Nika? Nika, você conhece a Carol."

"Claro", Carol diz. "Oi, Nika. Se importa? Já está pago."

"Sem problemas", Nika diz. "Você...", ela começa a dizer, e sei que vai perguntar sobre a carta. Interfiro depressa.

"Quer beber alguma coisa?", pergunto a Carol.

Ela olha de Nika para mim. "Quero." Ela entrega o pacote. "Tem um lugarzinho mais pra cima. É gostoso ficar sentada lá. Te mostro, se é que você ainda não conheceu."

"Ótimo", digo.

Nos despedimos de Nika e sigo Carol para fora do hotel. Não mais do que quarenta passos adiante, chegamos a um restaurante aberto do lado esquerdo da via, repleto de trepadeiras e flores, com uma vista espetacular para a água. Só tem quatro mesas lá, é como ficar sentado em seu próprio gazebo, olhando para o mar.

Nos acomodamos.

Carol pede Aperol com soda.

"Um café, por favor", peço.

"A noite foi longa?", Carol pergunta.

"Dá pra dizer que sim."

Ela pega um maço de cigarros e tira um de dentro.

"Você não deveria fumar", digo. "Isso mata."

"Você provavelmente está certa."

"Sei que estou."

Carol guarda o maço na bolsa. "Sabe, pra alguém que se considera tímida, você é bem mandona."

Sorrio. "Estou trabalhando nisso."

Carol sorri também. "Então, Adam... É ele, né?"

Confirmo com a cabeça.

"É um cara bonito." Ela olha por cima do meu ombro, como se quisesse dizer mais alguma coisa.

"Que foi?"

"Acho que não vou conseguir o trabalho. Adam comentou qualquer coisa sobre quererem manter a mesma estética. Não achei que os caras compraram minha ideia, se é que sabem o que querem fazer." Carol faz uma pausa. Sinto o ar suspenso nos meus pulmões. "Eu adoraria decorar um lugar algum dia, sabe?"

Penso na casa de Addy Eisenberg em Malibu, no rancho dos Montero em Montecito. Em nossa casa em Brentwood. Realizações notáveis. Deveríamos tê-las celebrado mais, com ela, quando tivemos a chance.

"E você vai", digo. "Prometo que vai. Acho que você tem enorme talento."

"Obrigada." Ela balança a cabeça. "Adam não é o tipo que eu imaginava pra você."

Dou risada. "É?"

"Não mesmo."

"Tá", digo. "Qual é o tipo que você imaginava pra mim?"

Carol sorri. Gostou da pergunta. "Um cara bonzinho, claro. Que te deixe brilhar. Caloroso e aconchegante. Que cuide de você. Cabelo castanho, meio nerd, mas também bonito, sabe? Clark Kent e tudo o mais. Talvez de óculos." Ela faz uma pausa. "Alguém que acha que ganhou na loteria. Porque ganhou mesmo."

Sinto meus olhos pesarem. Em um segundo, estão cheios de lágrimas.

"Carol." O nome dela não passa de um sussurro. "Preciso me desculpar com você."

"Pelo quê?" Ela não parece preocupada, tampouco convencida.

"Por ter te dito pra ir pra casa. Percebi uma coisa importante, uma coisa que tenho que te falar. Uma coisa que quero que saiba."

"Tá", ela diz. "Estou ouvindo."

"Se você vai ou fica, não é escolha minha. Não posso te obrigar. Ninguém pode. Nem pa... hã, nem seu marido, nem mesmo sua filha."

Fecho os olhos, torcendo para que sequem. Se uma única lágrima rolar, sei que vai ser ladeira abaixo. *Agora não.* "Você fez o seu melhor. Está fazendo o seu melhor. O que quer que aconteça agora..." Solto o ar. Pigarreio. "Ninguém pode te dizer pra ir pra casa, assim como ninguém pode me dizer pra ir pra casa. A escolha é sua, assim como a escolha é minha."

Os olhos de Carol encontram os meus. Ela me encara por um longo momento. E nesses olhos vejo tudo — aniversários, jantares, idas às compras. Manhãs vendo novela na cama dela. Noites ao telefone. Presentes mandados para Nova York. Cotovelos ralados, febres e a voz dela, sempre a voz dela. *Tudo vai ficar bem. Você está bem. Estou aqui.*

Carol assente de maneira quase imperceptível.

"Você tem uma vida incrível te esperando em casa. Linda, difícil, alegre, real. Vai ser caótica, e às vezes você vai errar. Seja mais honesta quando isso acontecer. Vai ajudar sua filha. Ela não precisa que você seja perfeita, só precisa que seja você mesma. É uma vida boa, Carol, mas talvez não seja a vida que você quer."

Passo as costas das mãos nos olhos.

"Katy." Carol se inclina para a frente, o máximo possível. "O que me disse ontem à noite. Sobre ser você."

Assinto.

"É verdade?", ela pergunta. "Eu te abandonei?"

Eu a vejo aqui, sentada à minha frente. Eu a vejo na marina, na água, no Caminho dos Deuses. Eu a vejo em sua cama em Brentwood. Eu a vejo em toda parte.

"Não", digo. "Não, você nunca me abandonou."

Vinte e nove

Quando volto ao hotel, já é fim de tarde. Estou exausta. Subo para o quarto. As portas da sacada estão fechadas. Abro. O dia está se transformando em noite. As lojas estão fechando, os restaurantes estão ressurgindo depois de um período de inatividade. Um zumbido tranquilo toma conta da cidade.

Tanta história, tantas histórias. E tantas histórias de amor.

De repente, percebo que amanhã é meu último dia aqui. Eu deveria voltar para casa depois. Para Los Angeles, para uma vida em mutação — para uma vida que já mudou.

Eu deito vestida. Não quero dormir, mas sinto que faz anos que não descanso.

Acordo para uma manhã brilhante como nunca. A luz do sol entra pelas portas abertas da sacada. A claridade me faz apertar os olhos. Escovo os dentes e me troco para descer para o café. Uso um vestido de verão e um chapéu. Paro diante da bibliotecazinha do lado de fora do meu quarto. Pego um exemplar de *Big Summer*, de Jennifer Weiner. Talvez eu leia um pouco durante o café.

Os estofados vermelhos estão de volta. O bufê do café mudou de lugar, está mais próximo da cozinha. A piscina...

Então ouço a voz dele, a mesma voz que ouvi quase todos os dias nos últimos oito anos. Me chamando.

"Katy."

Ele está de pé ao fim da escada. Eric. Meu marido. Vindo do outro lado do mundo.

"Eric?"

É possível que tenha me encontrado nesta outra época? Ele está aqui também?

Mas, enquanto ele se aproxima com o rosto marcado por uma mistura de alívio, propósito e um pouco de alegria, o mundo à minha volta se revela exatamente como é. O presente. O livro que tenho na mão foi publicado há dois anos. Estou aqui, estou de volta. O que significa que ela foi embora.

Eric me alcança. Está carregando uma mala pequena da J.Crew que comprei no aniversário de vinte e oito anos dele, com *EB* gravado. Usa jeans e uma camiseta azul-clara, mas tem um moletom pendurado no braço. Deve ter acabado de chegar.

"Oi", ele diz.

Examino seu rosto. "Você está aqui?"

"Fiquei te ligando", ele diz. "Deixei um monte de mensagens, mas seu celular nem toca."

Penso no telefone guardado no cofre.

"Eu desliguei", digo.

"Liguei pro hotel, mas ninguém nunca te encontrava. Será que foi alguma confusão com o número do seu quarto?" Ele balança a cabeça. "Não importa. Uns trinta segundos depois que você foi embora percebi que não devia ter deixado."

"Isso não..."

"Não foi o que eu quis dizer. Podemos...?" Eric olha em volta. "Preciso deixar isso em algum lugar."

Assinto. Aponto lá para fora. Tem um casal sentado na minha mesa de sempre. As mesas menores, perto da piscina, estão vazias. Levo Eric até lá. Tem pacotes de garrafas de água junto à janela aberta. Penso em Adam — dias atrás? anos atrás? — pegando uma para mim lá de dentro. Passo uma garrafa a Eric. Ele derrama um pouco de água na camiseta, deixando uma marca escura no tecido claro. Sei que vai girar a tampa duas vezes para fechar, só para garantir. Sei que quando tiver terminado vai pegar um pouquinho de água para passar no rosto, porque dá para ver que está com calor. E ele faz isso mesmo.

Escolho uma mesa na sombra e sentamos.

"Desculpa." Ele fecha a garrafa e a deixa de lado. "Não quis dizer que não devia ter te deixado vir. Quis dizer que não devia ter deixado você ir embora sem perguntar se não queria que eu viesse junto, sem dizer que queria vir junto."

"Eric..."

"Não, olha, eu sei. Estou feliz que tenha vindo. Você parece ótima, aliás." Seus olhos passam pelo meu rosto. Sinto uma ternura familiar. E um puxão, como o que uma criança pequena dá na barra de um vestido. *Ei. Olha pra mim.*

A primeira vez que levei Eric para casa, para conhecer meus pais, foi em um dia quente de outubro. Dirigimos desde Santa Bárbara, com Destiny's Child e Green Day tocando no último volume. Pegamos o caminho mais longo, entrando e saindo de cidadezinhas, com o mar sempre à nossa direita.

Chegamos à casa dos meus pais bem depois do horário previsto. Eu achava que eles não iam se importar, mas iam querer saber o motivo. Minha mãe não deixaria que aquele atraso passasse despercebido.

Eric abriu a porta para mim e foi pegar nossa bagagem e um buquê de girassóis que estava no banco de trás. Eu nem tinha reparado neles.

"Você disse que ela gosta de amarelo, né?"

Lembro de ter pensado que aquilo era muito atencioso. Lembro de ter pensado que era prova do que eu já sabia, do que já tinha descoberto: que eu o amava.

Eu o amava muito antes de minha mãe o conhecer. Eu teria me importado se ela não gostasse dele. Mas não mudaria nada.

"Obrigada", eu digo aqui, agora.

"Eu te amo, Katy", Eric diz. "Sempre amei, sempre vou amar. Não vim até aqui pra dizer que te quero de volta. Não é isso. Quero você..." Ele faz uma careta. "Daqui pra frente."

"Daqui pra frente?"

Eric assente. "Quero o que quer que esteja por vir pra nós dois."

Penso em nossa casa em Culver City, no jardim que nunca plantamos. O que é nossa vida sozinhos? Como será ficarmos só os dois?

"Como sabe que vai ser diferente?", pergunto a ele.

Eric pensa a respeito. Enxuga a testa com a mão. "Só depende da gente. Temos que fazer diferente", ele diz. "Você tem que querer descobrir."

"Não consigo acreditar que você está aqui", digo a ele.

"Nem eu."

Ele olha para a cidade. Vê o mar e sente seu impacto pela primeira vez. "Esse lugar é incrível."

Assinto. "É mesmo."

"Devíamos ter vindo pra cá", Eric diz. "Na nossa lua de mel. Devíamos ter vindo pra cá."

Penso nos quatro dias que passamos no Havaí. Nos maitais na praia, nas tochas acesas, no luau cheio de turistas e câmeras.

Olho para ele. Para o cabelo castanho, os óculos embaçados. As sardas no rosto. Toda a familiaridade microscópica.

"Estamos aqui agora", digo.

Ele sorri. Há beleza em seu sorriso, a beleza da familiaridade.

"É", ele diz. "Estamos, sim."

Enquanto terminamos de tomar café, Monica surge no terraço. Ela usa calça de linho solta e uma camiseta branca. Seu cabelo está penteado para trás e preso em um rabo de cavalo baixo.

"Já volto", digo a Eric. Ele está ocupado com os ovos, as batatas e o café. Só acena para eu ir.

Levanto e vou até Monica.

"Katy!", ela diz. "Como está?"

"Bem", digo. "Como foi em Roma?"

"Maravilhoso. É sempre quente demais, lotado demais, mas de alguma maneira perfeito. Gosto de ir embora e gosto de voltar."

"Não é uma maneira ruim de levar a vida", digo.

Ela sorri. "Vejo que tem companhia."

Ela aponta para Eric, que nos trinta segundos desde que o deixei começou a conversar com o casal da mesa vizinha. Isso não me irrita hoje. Só desperta meu carinho e me esquenta por dentro. Sinto que fui abençoada. Eric ri de alguma coisa que um deles diz. Vejo sua alegria fácil, seu sorriso fácil. O modo como fica confortável na companhia de quem quer que seja. De repente, ele me lembra dela.

Eric nota Monica e eu olhando. Acena para nós, que acenamos de volta. Ele abre um sorriso bobo para mim e ajeita os óculos no rosto.

"Meu marido", digo. Sim. Meu marido.

Monica ergue uma sobrancelha para mim. "Ele veio até aqui?"

"Veio."

"É uma longa viagem", Monica diz.

Olho para ela. Tem um sorriso no rosto, como se soubesse de alguma coisa. Um sorriso que me é familiar. Noto seu colar. Um cordão de couro com um pingente de turquesa. De repente, os cabelinhos da minha nuca se levantam. Fico toda arrepiada.

"Nika?"

Monica se surpreende. "Faz tempo que não me chamam assim", ela diz, e aperta os olhos. "Como sabe meu apelido?"

Meu coração bate acelerado. Mal consigo acreditar. "Você se lembra de um homem chamado Adam Westbrooke?", pergunto.

Ela dá risada. "Claro. Um grande amigo do Poseidon. Costumava vir todo ano, primeiro sozinho, depois com a esposa."

"O que aconteceu com ele?"

"Mora em Chicago, acho. Nunca teve filhos. Conheceu Samantha com cinquenta e muitos anos. Ela é uma mulher encantadora. Ele ainda escreve de vez em quando. A vida é sempre corrida."

"Então ele nunca comprou o hotel?"

"Nossa, não", ela diz. "Você o conhece? Essa história é muito antiga. Ele nunca comprou o hotel. Sobrevivemos com alguns investimentos felizes e nunca precisamos de um sócio." Monica olha para mim. "Por que está fazendo essas perguntas?"

"Você lembra de uma mulher chamada Carol Silver?"
Monica sorri de leve. "Sua mãe?"

É como se meu coração parasse. Confirmo com a cabeça.

"Lembro", ela diz. "Eu a conheci no verão de noventa e dois. Ela sempre vinha enviar encomendas para..." Monica olha para mim. "Para você. Para a filha."

Penso em Carol no saguão naquela primeira manhã.

"Ela me mandou fotos por um tempo, depois de voltar pra casa. Quando vocês decidiram que viriam neste verão, Carol entrou em contato comigo. Eu sabia que ela estava doente. Mas não sabia quanto."

Monica toca meu braço. Penso na doçura de Nika e na mulher poderosa que está diante de mim, a mulher em que ela se transformou. Como pode ser que ontem mesmo ela tivesse apenas vinte e cinco anos?

"Sinto muito por sua perda", Monica diz. "Senti que havia alguma coisa de familiar em você desde que te vi pela primeira vez. Foi quase como se já nos conhecêssemos." Monica faz uma pausa. Toca minha bochecha. "Você deve ter puxado muito a ela."

Trinta

Subo com Eric, para o quarto trinta e três. Quando entramos, noto que foi arrumado. Tem uma colcha nova na cama e toalhas limpas na entrada.

"Estou meio nojento do voo", Eric diz. "Posso tomar um banho?"

"O banheiro é todo seu", digo, apontando para a porta. "Vou estar na sacada."

Ele deixa a mala no chão e abre o zíper. Eu o vejo tirar os itens de higiene que me são familiares. O desodorante Old Spice. A escova de dente elétrica. O creme de rosto Burt's Bees que compro para ele no Whole Foods.

Eric me dá um tchauzinho e se dirige ao banheiro.

Vou até o cofre e pego meu celular, depois vou para a sacada e ligo para o número que me é mais familiar no mundo.

Ele atende no terceiro toque.

"Alô?"

"Oi, pai", digo.

"Katy!" Sua voz, que andava um tanto fria, imediatamente se anima. Ouço o ribombo familiar, a energia de sua personalidade por trás de cada sílaba.

"Oi", digo. "Como você está?"

"Ah, você sabe. Indo." Ouço alguma coisa batendo. Pratos?

"Já é tarde. Você está na cozinha?"

"Estou, sim."

"Pai", digo devagar. "Você está *cozinhando*?"

"Estou com vontade daquela salada de milho que ela costumava fazer", ele diz. "Não pode ser muito difícil."

Olho para a manhã adiantada. Tudo parece banhado por uma luz amarela. Azul. Verde. Brilhante.

"Pai", começo a falar, "por que ninguém me contou que a mamãe foi embora? Por que ninguém me disse que ela veio pra cá quando eu era bebê?"

Silêncio do outro lado da linha. Depois de um momento, eu o ouço puxar o ar. "Quem te disse isso?"

"Alguém aqui no hotel. Eles lembram dela."

Ouço meu pai pigarrear. "Ela te amava muito. Amou imediatamente. Nunca vi uma ligação como a que havia entre vocês duas. Mas... foi tudo tão rápido, Katy. Acho que ela se perdeu um pouco em tudo. Foi demais pra ela. Sua mãe precisava de um tempo."

"O que você disse quando ela quis ir embora?"

Meu pai faz uma pausa. "Que ela devia ir."

Começa a ventar. Música começa a chegar de algum lugar na marina. Penso na minha mãe aqui, poucas horas atrás. Penso no sacrifício do meu pai. Penso em Eric no banho.

"Como você sabia que ela ia voltar?"

"Eu não sabia", ele diz. "Foi assim que eu soube que realmente a amava. Eu já sabia, mas isso mudou nosso casamento aos meus olhos. E acho que foi o que acabou permitindo que ela voltasse pra casa."

"Como assim?"

"Foi como ela soube também. Ela experimentou a liberdade. E pareceu amor. A melhor coisa que já fiz foi deixar sua mãe ir. Ninguém é perfeito, Katy. Isso não existe. Mas o que a gente tinha era bom pra caralho."

Nunca ouvi meu pai falando palavrão. Nem uma vez. Por algum motivo, isso me faz rir. Sinto um borbulhar na barriga e de repente meus ombros se sacodem, no meio da sacada.

"Eric está aqui", eu digo, inspirando fundo.

"Eu sei." Seu tom de voz é leve agora. "Eric me ligou. Eu disse que ele devia ir." Meu pai para por um momento. "Fiz mal?"

Ouço Eric sair do banho. Então o vejo à porta, com uma toalha enrolada na cintura. "Não", digo. "Não fez."

"Katy", meu pai começa a dizer. "História é uma coisa boa, e não ruim. É bom estar com alguém que conhece a gente, que conhece nossa história. Isso vai ficando cada vez mais importante ao longo da vida. Aprender a encontrar o caminho de volta pode ser mais difícil que recomeçar. Mas, nossa, quando você consegue, vale a pena."

Eric vem na minha direção. O sol ilumina seu corpo.

"Sinto muito", meu pai diz.

"Pelo quê?"

"Por vocês não terem feito essa viagem juntas. Acho que ela queria voltar com você porque queria te contar pessoalmente. Acho que queria te mostrar esse lugar que foi tão transformador na vida dela." Meu pai faz uma pausa. Quando volta a falar, sua voz falha. "Sinto muito por não terem vivido essa experiência juntas."

Penso em Carol no cais, Carol no almoço, Carol no La Tagliata, no topo da colina, Carol na cozinha da casa com porta azul.

"Mas eu entendi", digo. "Vim pra cá."

Quando desligamos, Eric está comigo. "Meu pai", digo, e mostro o celular como se fosse prova.

Ele o pega da minha mão e o põe na mesinha da sacada. Continua só de toalha. Seu corpo parece ótimo — diferente de alguma forma, mais cheio. Ou talvez só faça um bom tempo que não olho direito para ele.

Eric leva as mãos aos meus braços e desce até que nossos dedos se entrelacem. Sinto uma faísca se acender dentro de mim, como um motor pegando, ganhando vida.

Ele leva as mãos à minha lombar. A familiaridade — de seu cheiro, seu calor, seu toque — faz eu querer me jogar em seus braços.

"Katy, eu..."

"Eric, olha..."

"Me diz. Se for cedo demais, se não quiser... eu entendo. Só quero que saiba que estou aqui pra você, onde quer que esteja. Na Itália, em casa ou..."

"Eu te amo", digo, e vejo a expressão de Eric se dissolver em um sorriso tão amplo que muda todo o seu perfil. Percebo que faz muito tempo que ele não sorri assim, tempo demais. "Foi um ano muito difícil, mas é verdade. Eu te amo. Escolho ficar com você."

"É?"

Confirmo com a cabeça. "É. Você me conhece."

E então estamos nos beijando. A toalha dele cai. Sinto as gotas frias do banho na minha pele. Elas logo evaporam. Aprofundamos o beijo, e assim que o fazemos tiro o vestido.

Me livro de tudo o que tenho no corpo. Há uma urgência que não me lembro de já ter experimentado com Eric. Mas é claro que estou errada quanto a isso também. Tivemos noites vorazes, passamos tardes inteiras na cama do dormitório. Dormimos no apartamento um do outro depois de jantar, nos pegamos no metrô. Tudo isso ficou perdido na passagem suave do tempo, mas está aqui agora, conosco. Tudo o que era velho renasceu.

Eu sento na cama. Nos olhamos nos olhos. Sinto um puxão, uma eletricidade entre nós. O ar está carregado. Sinto meu corpo. Um retorno a mim. Aquela pessoa desinteressada e faminta de quando ela morreu agora volta à vida. Adam, os degraus, a comida, o vinho. Tudo fez meu sangue correr mais rápido nas veias, deixou minha pele mais macia, mais sólida. A bênção da vida, desta vida linda, maravilhosa. Toda a dor e a angústia. Toda a alegria que torna isso possível. As ternas ligações, a fragilidade, a probabilidade mínima de estarmos aqui, agora, juntos. A escolha de manter isso assim.

Ele paira sobre mim. Então voltamos a nos beijar. Sinto suas mãos quentes na minha cintura, nas costas, depois na barriga. Sinto suas pernas entrelaçadas com as minhas. Sinto seu peito — musculoso, pesado.

Enlaço seu pescoço, alongo meu corpo sob o seu, respiro com ele — este homem, este momento, este retorno.

Nunca senti que pertencia a Eric. Costumava pensar que pertencia a ela, mas agora sei que não era totalmente verdade. Eu não pertencia a Eric porque não pertenço a ninguém. Não nesse sentido, não mais.

Sou minha, assim como ela era dela.

Mais tarde, nos arrumamos para passear na cidade. Eric veste uma camiseta nova e o short florido que minha mãe comprou. Olho para ele.

"Que foi?", ele pergunta. "Serviu. E eu gostei."

Eric pega meu braço e me puxa na sua direção. Sinto o calor de seu corpo, o zumbido baixo de seu coração.

"Você é linda", ele me diz. "De verdade, deslumbrante. Penso nisso sempre que olho pra você."

"Posso te perguntar uma coisa?"

"Claro."

"Você soube quando me conheceu? Você pensou, sei lá, que eu era sua cara-metade?"

Eric reflete um pouco. É cuidadoso ao falar. Não tira os braços de mim.

"Acho que não. A gente era muito novo, não sei se eu pensava assim na época."

"E quando foi que você soube?"

Eric me abraça com ainda mais vontade e aproxima o rosto do meu. "Sei agora", ele diz.

A história, a memória, são ficções por definição. Se um evento deixa de ser presente, mas é lembrado, se transforma em narrativa. Podemos escolher as narrativas que contamos — sobre nossa vida, nossas histórias, nossos relacionamentos. Podemos escolher os capítulos a que damos importância.

Carol era uma mãe incrível. Também era uma mulher complicada e falha, como eu. Um verão não muda isso. Um verão é só um verão. Pode ser uma aquarela de dias na praia. Pode mudar uma vida.

"Vamos pra casa", digo a Eric. "Quero ligar pra Andrea. Acho que estou com saudade até do La Scala."

Ele sorri. Beija minha bochecha. "Tem só uma coisinha que acho que você vai querer fazer antes."

Trinta e um

O sol mal nasceu quando saímos com o barco. Só eu e um senhor chamado Antonio. "Ele é o melhor. Trabalhamos com Antonio há um século", Monica me disse quando marcou tudo.

Tive que resistir à vontade de lhe dizer que eu sabia daquilo.

Eric continua na cama. Decidimos ficar, passar mais alguns dias na Itália. Tem sido maravilhoso.

Vesti um short, uma camiseta e uma blusa de frio. Peguei minha bolsa e caminhei até o cais. O barco já estava esperando.

Agora nos afastamos da marina, deixando Positano para trás, ainda à sombra da passagem de um dia para o outro.

O clima está quente, mas a combinação da água com a velocidade do barco faz com que eu aperte a blusa de frio. O vento está forte e a espuma das ondas faz uma estranha dança na escuridão.

Quando nos aproximamos das pedras, Antonio desliga o motor. O barco balança. Diante de nós, as três pedras se erguem do mar como um monumento. Um testamento da resiliência do passado, da natureza, talvez dos próprios deuses. Quantas pessoas já olharam para elas? Quantas pessoas se beijaram sob a arcada?

Trinta anos de felicidade.

Assinto para Antonio. Pego a lata que até agora segurava entre as pernas. Abro.

"Eu trouxe as cinzas dela", Eric me disse. "Achei que você podia querer espalhar por aqui."

Conforme nos aproximamos das pedras, o sol sobe, irrompe. O dia desperta à nossa volta. Um minúsculo raio de sol abre caminho para mais, mais e mais luz. O mundo renasce diariamente. O sol se levanta diariamente. É um milagre, acho. Um milagre simples, cotidiano. A vida.

Seguimos em frente, balançando na água. Então eu pego a carta. Aquela que ficou dias, trinta anos, no cofre.

Passo o dedo por baixo da aba, rompendo o lacre antigo. Então abro, desdobro o papel e leio o que está escrito na caligrafia dela.

Minha querida Katy, minha filhinha.

A Itália é linda. Me lembra você. O modo como todo mundo parece feliz logo cedo, as estrelas no céu noturno. Sei que não estou aí e espero poder explicar o motivo um dia. Tenho tantas expectativas pra você, minha filha. Espero que sempre saiba do seu valor. Espero que encontre sua paixão. Alguma coisa que ama, que te faça se iluminar por dentro. Espero que encontre a paz e a confiança necessárias para acreditar no seu caminho. Lembre que ele é apenas seu. Outros podem acenar e comemorar, mas ninguém pode lhe dizer que direção seguir. Porque ninguém esteve nesse lugar aonde você está indo. Espero que um dia você compreenda que não é porque uma mulher se torna mãe que ela deixa de ser uma mulher. E, acima de tudo, espero que saiba que, mesmo que não consiga me ver, sempre estarei com você.

Da sua eterna mamãe

Dobro o papel, agora marcado pelas lágrimas, e o enfio de volta no envelope. Então sinto que tem mais alguma coisa ali. Uma foto. Eu a pego. É de Carol, rindo na marina. Seu rosto está ligeiramente de lado para a câmera. O sol se põe atrás dela, banhando-a em luz. *É uma lembrança completa*, penso.

Logo a arcada está acima de nós. Levo a lata aos lábios. Dou um beijo nela. Quando avançamos pela sombra da pedra, eu a esvazio pela lateral do barco. Fico vendo as cinzas descerem rumo à água, sendo espalhadas pela brisa.

Ela está em toda parte, penso. Ela está à nossa volta.

Então, simples assim, estamos do outro lado e a latinha está vazia. Sinto um buraco no estômago. O reconhecimento de que está feito. A compreensão de que agora ela se foi. Não vai estar esperando por mim no hotel, não vai estar na casa de Brentwood. Não vai irromper pela porta da frente da minha casa, sem avisar, com as compras da feira. Não vai deixar mensagens de quinze segundos na minha secretária eletrônica. Não vai ligar. Não vai mais me abraçar, seus braços não vão me transmitir sua certeza, sua presença. Tenho tanta vida pela frente sem ela. Ela se foi.

Antonio dá a volta com o barco e olha para mim.

"Sim?", ele pergunta. Como se dissesse: *Acabou? Já foi?*

"Antonio, de onde vem a lenda dos trinta anos?", eu pergunto.

Ele aperta os olhos para mim. "Trinta anos, não. *Per sempre.*"

"Pra sempre."

"*Sì*", ele confirma. "Pra sempre."

Ele volta a ligar o motor. Nos afastamos das pedras e voltamos para Positano. Em alguns dias, Eric e eu vamos para casa. Voltaremos à nossa antiga vida, que agora é nova. A um futuro que ainda não sabemos como viver.

Você vai aprender, eu a ouço dizer. O vento, a água, ecoam sua voz. Eu a ouço nos cantinhos silenciosos dentro de mim.

Vejo Positano diante de nós. O sol já nasceu por completo agora. Consigo identificar cada construção — o Sirenuse, o Poseidon, o Chez Black. A paisagem estrangeira que agora me é familiar.

"Vai voltar?", Antonio pergunta, me tirando de meus pensamentos. Eu me viro para trás para olhar para ele.

"Sim", digo.

Ele assente.

"Sempre voltam. É lindo demais pra uma vez só."

Logo estamos ocupados com a chegada. Recolhendo bolsas, passando por cima das cordas. O presente é implacável. Exige tudo de nós. Como deveria mesmo.

"Até", Antonio diz, e vai embora.

Subo os degraus de volta ao hotel. Sem perder o fôlego. Meus pulmões ficaram mais fortes aqui. Minhas pernas também.

Sinto o cheiro do café da manhã, do mar. Ouço o barulho das bicicletas e das crianças.

É o bastante.
É mais que o bastante.

É tudo.

Rebecca Serle <rebecca@xxx.com>
Qui., 16 abr. 2020, 17:34
Para: Hotel Poseidon <prmanager@xxx.it via>
Assunto: Seu hotel maravilhoso

Oi, Liliana.

Não sei se você lembra de mim, mas estive no seu hotel no fim de julho/começo de agosto do ano passado. Meu nome é Rebecca Serle e eu estava acompanhada. Acabamos comendo no hotel mais noites do que prevíamos e conversei um pouco com você. Tenho trinta e poucos anos e cabelo castanho. Queria poder voltar ao seu hotel este verão, principalmente porque Positano vai ser o cenário do meu próximo livro e seria bom pesquisar mais. Na verdade, grande parte do livro vai se passar no hotel Poseidon, mas nos anos noventa. Seu pai era o gerente na época? O hotel era parecido? Quaisquer informações que puder me fornecer seriam muito úteis.

Como você está? Ando pensando muito na Itália e em especial no seu pedacinho de paraíso.

Com todo o carinho,

Rebecca

Hotel Poseidon Positano — Gerência de RP
<prmanager@xxx.it via>
Qua., 22 abr. 2020, 9:55
Para: Rebecca Serle <rebecca@xxx.com>
Assunto: RE: Seu hotel maravilhoso

Ciao Rebecca,
Que alegria receber uma mensagem sua!
Espero que esteja bem nessa época tão conturbada. Estamos todos bem aqui em Positano, ainda que estejamos loucos para voltar ao "normal".
Que maravilha ouvir que está escrevendo um livro que se passa em Positano e aqui no hotel Poseidon!!!
Segue um breve histórico nosso que pode ajudar.
O hotel foi oficialmente aberto em 1955 (tem 65 anos!). A propriedade já pertencia a meus avós Liliana e Bruno fazia alguns anos.
A propriedade (e o hotel em seu início) tinha uma sala ampla, onde o café da manhã é montado agora, e os quartos de baixo (números 1, 2, 3, 4 e 5).
Depois de abrir, eles foram comprando terrenos em volta e construindo novas alas aos poucos. A parte mais recente é a da piscina (ela e o terraço onde ficam as espreguiçadeiras), que é dos anos 1970.
A cara do hotel não mudou muito desde então. Quem o conduzia era minha avó, que o deixou para os filhos, Marco e Monica (meu tio e minha mãe, que são os donos até hoje!).
Resumindo: nos anos 1990, Liliana, Marco e Monica cuidavam do hotel, e ele tinha mais ou menos a mesma cara de agora. Meu pai é fotógrafo e nunca trabalhou no hotel ou para ele.

Espero que isso ajude! Me avise se precisar de mais informações ou explicações. Ficarei feliz em contar mais. Espero que continue segura e bem. Fico no aguardo de uma resposta. E quero ler seu livro quando sair, claro! ☺

Abraços,

Liliana
Relações-públicas

HOTEL POSEIDON, no coração de Positano
Via Pasitea, 148 — 84017 POSITANO, Costa Amalfitana, SA

Rebecca Serle <rebecca@xxx.com>
Ter., 29 jun. 2021, 17:24
Para: Hotel Poseidon <prmanager@xxx.it via>
Assunto: Seu hotel maravilhoso

Oi, Liliana!
Só queria dizer que meu novo livro acabou de ser anunciado. Vai sair em março e grande parte dele se passa no seu deslumbrante hotel. Obrigada por ter tornado minha viagem tão memorável que simplesmente tive que escrever a respeito. Mando notícias em breve. O título é *Um verão italiano*, aliás ☺
Mal posso esperar para voltar. O verão de 2022 está chegando! Vamos conseguir.
Abraços,
Rebecca

Agradecimentos

Primeiro:

Agradeço a Melissa, Jennifer e Leah Seligmann — e Sue, que as fez. Obrigada por deixarem eu me aproximar tanto. A Jessica Rothenberg, por dividir comigo o amor sem limites e a dor impossível de tê-la como alma gêmea. Eu te disse uma vez que nunca esqueceria — e agora está impresso. E a Estefania Marchan, que mais de uma década atrás disse que sentia falta da mãe aos dezoito, aos vinte e seis, aos cinco — idades e mulheres que ela nunca conheceu. Isto é para você e para elas.

Agora:

A minha agente Erin Malone, por ser tudo o que não sou: meticulosa, flexível e profissional. Tendo a exagerar, mas você é a número um, a verdade é essa. Eu não poderia pedir por uma parceria melhor ou mais frutífera. Você nunca vai se livrar de mim.

A minha editora, Lindsay Sagnette, por ser minha maior defensora e torcedora. Obrigada por confiar em mim e por abrir suas portas tão amplamente e me oferecer absolutamente tudo.

A minha publisher, Libby McGuire, que fez da Atria minha casa dos sonhos. Obrigada, obrigada.

A minha assessora de imprensa, Ariele Fredman, que é meio fada, meio bruxa. Não sei como você faz o que faz, mas tenho muita sorte de poder contar com você.

A Isabel DaSilva: desculpa, mas sou péssima com internet. Estou tentando (deveria tentar mais). Obrigada por elevar meus livros.

A Jon Karp e à falecida e brilhante Carolyn Reidy por ajudar *Daqui a cinco anos* a ter uma carreira tão bem-sucedida. Serei eternamente grata por isso.

A meu agente David Stone, por nossa longa história e nosso novo começo.

A minhas agentes Chelsea Radler e Hilary Michael, por acharem que (quase) tudo o que escrevo é digno de ser lido e visto.

A Sabrina Taitz, por ser a melhor professora substituta que há. Sempre teremos Maui.

A toda a equipe de vendas da Simon & Schuster: vocês fazem o impossível por mim.

A Camille Morgan, Fiora Elbers-Tibbitts, Erica Nori, Gwen Beal e Anna Ravenelle, por atentarem a todos os detalhes.

A Caitlin Mahony e Matilda Forbes Watson, por garantirem que Dannie e Bella, Katy e Carol, Sabrina e Tobias fossem bem cuidados no exterior.

A Lexa Hillyer, por ser uma amiga e uma mãe maravilhosa. Nossas manhãs são o melhor momento do meu dia. E a Minna, meu anjinho.

A Leila Sales, por me achar louca, mas votar em mim mesmo assim.

A Hannah Brown Gordon, por perdoar minhas inúmeras

indiscrições e por tornar sempre mais fácil preencher uma lista sem fim.

A Danielle Kasirer, por ser minha turma, minha família, por fazer café com a quantidade perfeita de creme e por sempre ter M&M's de amendoim.

A Niki Koss, por ser minha grande/pequena e a camiseta preta do meu Ross.

A Jodi Guber Brufsky, cujo lar e cujo coração são onde me sinto feliz.

A Raquel Johnson, pelo amor, pelos anos e pela cola, meu bem.

A Morgan Matson e Jen Smith por estarem sempre perto.

A Laurel Sakai, porque eu não estaria aqui sem você, e agora deixo isso por escrito.

A meu pai, que é um homem, um marido e um pai maravilhoso, e que não só se orgulha muito de como eu e minha mãe somos unidas, mas fica feliz com isso, independente dos bagels e dos pratos de macarrão que acaba perdendo por essa razão.

Às pessoas maravilhosas do Hotel Poseidon Positano, principalmente Liliana.

E, finalmente, a você. Um dos mais importantes desafios na vida é decidir a que se apegar e do que abrir mão. Não se engane acreditando que não sabe qual é qual. Siga seu coração, siga seu coração e ele levará você para casa.

TIPOGRAFIA Adriane por Marconi Lima
DIAGRAMAÇÃO Vanessa Lima
PAPEL Pólen Natural, Suzano S.A.
IMPRESSÃO Gráfica Bartira, fevereiro de 2023

A marca FSC® é a garantia de que a madeira utilizada na fabricação do papel deste livro provém de florestas que foram gerenciadas de maneira ambientalmente correta, socialmente justa e economicamente viável, além de outras fontes de origem controlada.